D1664042

VICTOR HUGO

Bir İdam Mahkûmunun Son Günü

OLİMPOS®

BİR İDAM MAHKÛMUNUN SON GÜNÜ
Victor Hugo

Orijinal Adı: Le Dernier Jour D'un Condamne

Editör: Fatma Büşra Günçel
Çeviren: Tülin Bozkurt Hazar
Kapak Tasarımı: Betül Akyar
Sayfa Tasarımı: Ceyda Çakıcı Baş

6. Baskı: Ocak 2022
ISBN: 978-605-7906-59-5

OLİMPOS YAYINLARI
Maltepe Mah. Davutpaşa Cad. Yılanlı Ayazma Yolu No:8 K:1 D:2
Davutpaşa / İstanbul
Tel: (0212) 544 32 02 (pbx) Sertifika No: 42056
www.olimposyayinlari.com - info@olimposyayinlari.com

Genel Dağıtım: YELPAZE DAĞITIM YAYIN SANAT PAZARLAMA
Maltepe Mah. Davutpaşa Cad. Yılanlı Ayazma Yolu No:8 K:1 D:2
Davutpaşa / İstanbul
Tel: (0212) 544 46 46 Fax: (0212) 544 87 86
info@yelpaze.com.tr

Baskı: Ezgi Matbaacılık San. Tic. Ltd. Şti.
Sanayi Cd. Altay Sk. No:10 Çobançeşme/Yenibosna/İstanbul
Tel: (0212) 652 62 62 Sertifika No: 45029

VICTOR HUGO

Bir İdam Mahkûmunun Son Günü

26 Şubat 1802

Victor Hugo Hakkında

Şiir, oyun ve roman yazarı Victor Hugo 26 Şubat 1802'de Fransa'nın doğusu Besançon'da dünyaya geldi. Babası Joseph Léopold Sigisbert Hugo ve annesi Sophie Trébuchet'nin üçüncü oğluydu. Orduda subaylık yapan babası bir dönem Napolyon'un ordusunda da generallik görevini üstlendi. Politik karmaşanın tam ortasına doğan Hugo'nun annesi ve babası arasında da siyasi fikirler açısından ayrışma söz konusuydu. Babasının mesleği sebebiyle ailenin birkaç kez taşınması, Hugo'nun küçük yaşlarından başlayarak ufkunu genişletti. Elba, Napoli ve Madrid gibi şehirleri kapsayan bu seyahatler Paris'e geri dönüşle son buldu.

1815-1818 yıllarında Paris'te hukuk okusa da kariyerini bu alanda şekillendirmek yerine kendini edebiyata adadı. Annesinin desteği, onun edebiyat dünyasına girişi için önemli bir etki oluşturdu. Öğrencilik yıllarında şiirler karalayıp çeviriler yapmaya başlayan Hugo, 1819 yılında *Conservateur Littéraire* isimli bir edebiyat dergisinin kurulmasına öncülük ederek burada çeşitli şiirlerini yayımladı. Annesinin vefat ettiği 1821 yılında Adèle Foucher ile evlendi ve şiirlerden oluşan ilk kitabı *Odes et poésies diverses* basıldı. İlk romanı *Han d'Islande* 1823'te yayımlandı, üç yıl içinde ikinci romanı, ardından şiir kitapları ve oyunları takip etti. İlk romanı kısa bir süre içinde İngilizceye çevrildi, ilk şiir kitabıysa ona kraliyet maaşı bağlanmasını sağladı. Yeteneğini erken yaşta ortaya koyan Hugo, kısa süre içinde tanınan ve okunan bir yazar hâline geldi. Romantizm akımının önemli bir temsilcisi olarak kendi dönemindeki edebi çevreyle sık sık bir araya geldi. Fransız Romantizm'inin kurucusu kabul edilen François-René de Chateaubriand'dan çağdaşları gibi Hugo da oldukça etkilendi.

1830 dolaylarında siyasi adaletsizlikler ve toplumdaki sefalet, Hugo'nun daha siyasi bir kimlik edinmesine vesile oldu. 1929'da hümanist bir tutumla ölüm cezasını eleştirdiği *Bir İdam Mahkûmunun Son Günü* adlı eserini ortaya koydu. Bu eser Charles Dickens ve Fyodor Dostoyevski gibi önemli edebiyatçıların da beğenisini kazandı. 1831'de yayımlanan ünlü romanı *Notre Dame'ın Kamburu* büyük bir başarı elde etti ve politik içerikli romanlarının öncülüğünü yaptı. Ardından çeşitli kitaplar ortaya koyan Hugo'nun büyük eseri *Sefiller*'i tamamlaması 17 yıl sürdü ve basılması 1862'de mümkün oldu.

1841 yılında Fransız Akademisi'ne girdi ve aynı yıl asilzadelik unvanı aldı. Cumhuriyetçi hükümeti destekledi ve meclise seçildi. Ancak rejimdeki değişiklikler, hükümetle arasında anlaşmazlık yaratınca sürgün hayatı başladı. Bu süreçte hükümete karşı çeşitli hicivler kaleme aldı. Üçüncü Cumhuriyet'in ilanı ile tekrar vatanına dönerek meclise girdi. Hayatının son yıllarında eşinin ve iki çocuğunun ölümü onda derin bir hüzün yarattı. 80. yaş günü Fransa'da büyük törenlerle kutlandı. Üç yıl sonra hayata gözlerini yumduğunda çok sevilen bir yazar olmanın ötesinde, cumhuriyet ve demokrasiye yön veren önemli bir figürdü.

Ön Söz

Eserin, yazar ismi olmaksızın yayımlanan ilk baskılarının başında yalnızca aşağıdaki satırlar mevcuttu:

"Bu kitabın meydana geliş süreci iki farklı şekilde değerlendirilebilir. Ya hakikaten bütün metin sefil bir yaratığın son düşüncelerini bire bir aktardığı, dağınık bir sarı kâğıt tomarının bulunup kayda geçirilmesiyle ortaya çıktı ya da kendini sanat için doğayı gözlemlemeye adamış bir adamın, bir hayalperestin, bir filozofun, bilemiyorum belki de bir şairin kapıldığı fanteziler, fantezi olmanın ötesine geçerek bu adamı ele geçirdiler ve bu adam ancak onları bir kitabın içine atarak kendini kurtulabildi.

Okuyucu, bu iki ihtimalden arzu ettiğini seçebilir."

Görülebileceği üzere, yazara göre, bu kitabın yayımlandığı dönemde çağ düşündüklerini özgürce ifade edebilmesine uygun durumda değildi. Anlaşılmayı ve anlaşılmasının mümkün olup olmadığını görmek için beklemeyi tercih etti. Öyle de oldu. Yazarın masum ve samimi edebi kimlik maskesiyle halkın dikkatini çekmek istediği politik ve sosyal fikirler, günümüzde anlaşılabilmektedir. Nitekim yazar açıklamakta hatta daha doğrusu itiraf etmektedir ki *Bir İdam Mahkûmunun Son Günü* ölüm cezasının kaldırılması için, doğrudan veya dolaylı olarak -okurun takdirine kalmış- yapılan bir savunma konuşmasından başka bir şey değildir. Kendisinin aslında niyetlendiği ve gelecek nesillerin eserlerinde görmesini dilediği nitelik, şu veya bu suçlunun ya da herhangi bir zanlının özel savunması değildir -bu tarz bir yaklaşım kolay olduğu kadar geçicidir- bilakis suçlanan ve suçlanacak olan günümüzdeki ve gelecekteki tüm zanlılar için genel ve aynı zamanda daimî bir savunmadır; insan haklarının en yüksek mahkeme olan toplumun huzurunda öne sürülebilecek ve yüksek sesle müdafaa edilebilecek en yüksek değer olduğudur; dava reddinin en yüce hâli olan "abhorrescere a sanguine"nin[1] her türlü ceza davasından evvel uygulanması gerektiğidir; kanlı söylemleri kralın halkı tarafından benimsenmiş, retorik üçgen[2] kisvesi altında, tüm idam nedenlerinin özünde belirsizce kendini gösteren kasvetli ve vahim sorundan ibaret olduğudur; ben diyorum ki ölüm yaşam meselesi alenen ortaya atılmış, çırılçıplak resmedilmiş, mahkemelerin bayağı tutumuysa dehşetle aşikâr edilmiş, gerçekte olması ve görünmesi gereken yere konmuş, mahkemede değil darağacında bulunan, hâkim yerine cellâdın ellerinde olan gerçek ve korkunç ortamı açığa vurulmuştur.

---

[1] (Lat.) "kandan tiksinmek" (Ç.N.)

[2] Orijinal metinde "les triples épaisseurs de pathos" ifadesi yer almaktadır. Bu kavram Türkçede yaygın olarak "pathos üçgeni" şeklinde bilinmekte, hitabet ve ikna yöntemi olarak tanımlanmaktadır. Kökeni Antik Yunan'a dayanmakta ve Aristoteles'in *Retorik* eserinde de bahsettiği ethos-pathos-logos kavramlarına tekabül etmektedir. Orijinal metinde bu kavram "pathos" aşamasının vurgulanmasıyla ifade edilmiştir. Aristo, "pathos"u seyircinin istenilen hükmü vermesini sağlamak için onları duygusal olarak etkilemek olarak anlatmaktadır. Metnin bu kısmında adaletin uygulanması gereken mahkemelerde, edebi ve rasyonaliteden uzak bir yöntemin uygulanıyor oluşu vurgulanmak istenmiş olabilir. (E.N.)

İşte, gerçek niyeti tam da buydu. Eğer gelecek, ona bir gün ulaşmayı umduğu ama ümit etmeye cüret edemediği zaferi bahşederse, başka bir taç istemeyecekti. Masum veya suçlu, tüm muhtemel zanlıları, bütün mahkemeler, mahkeme salonları, jüriler ve adalet huzurunda temsil ettiğini açıklıyor ve tekrar ediyor. Bu kitap, herhangi bir hâkime hitaben yazılmıştır. Ve yazar, savunmanın, konunun kendisi kadar geniş çaplı olabilmesi için *Bir İdam Mahkûmunun Son Günü*'nün konusunun her parçasını; mevcut koşulları; olayları; özeli; kendine özgü, alakalı, değiştirilebilir olanı, bölüm, anekdot, olay, özel isim gibi parçaları hariç tutarak ve herhangi bir günde infaz edilen öylesine bir idam mahkûmunun davasını savunmakla kendini sınırlayarak (eğer buna kendini sınırlamak denebilirse) kaleme almıştır. Fikirlerinden başka bir araç kullanmaksızın, hâkimin üç kat zırhın altına gömülmüş kalbini kanatacak kadar didikleyebildiyse ne mutlu! Adalet duygusuna sahip olduğunu zannedenlerde de merhamet uyandırdıysa ne mutlu! Hâkimin iç dünyasına ulaşmayı başarıp da bir de orada bir insan bulabildiyse ne mutlu!

Üç yıl önce, bu kitap ilk ortaya çıktığında, birtakım insanlar yazarın bu fikrine karşılık vermeye değmeyeceğini tasavvur ettiler. Bazıları bunun İngiliz bir kitap, diğerleri ise bir Amerikan kitabı olduğu sanısına kapıldı. Şeylerin köklerini kilometrelerce uzaklarda aramak ve sokağınızı yıkayan derenin kaynağını ta Nil'e dayandırmak ne tuhaf! Çok yazık! Burada ne İngiliz bir kitap ne bir Amerikan kitabı ne de bir Çince kitap söz konusu.

Yazar *Bir İdam Mahkûmunun Son Günü* fikrini bir kitaptan almadı; o, fikirlerini o kadar uzakta aramaya alışkın değildi, aksine onları hepinizin rastlayabileceği, belki de zaten yanından geçip gittiği (çünkü kim *Bir İdam Mahkûmunun Son Günü*'nü zihninde canlandırmadı ve hükümlüyü infaz etmedi ki) doğrudan devletin meydanından, Greve Meydanından[3] aldı. Bir gün orada yürürken, giyotinin kırmızı direklerinin altında birikmiş kan gölünde yatan bu ölümcül fikir, onun zihninde tecelli etti.

O zamandan beri, Yargıtay Mahkemesinin uğursuz perşembelerde düzenlediği her cenazede, Paris'te bir ölüm cezası beyan edildiğinde, penceresinin altında çatallaşmış sesleriyle ağlayıp geçip giderek dikkatleri Greve'e yönlendiren çığlıkları duyduğu anlarda, bu hüzünlü fikir yazarın aklına tekrar düşüp onu baştan çıkardı; zihnini jandarmalarla, cellâtlarla ve kalabalıkla doldurup keder dolu bir sefilin son acı çekişlerini saat saat betimledi: şu anda ona günah çıkarttırılıyor, şimdi saçları kesiliyor, ardından elleri bağlanıyor. Zavallı şair, bütün bunları topluma anlatmak için, bu canavarca görev yerine getirildiği esnada onu nasıl bastırdıklarını, ittiklerini, sarstıklarını, zihnindeki mısraları ondan nasıl kopardıklarını, bunu yaparken taslaklarını neredeyse yok ettiklerini, tüm eserlerini sabote ettiklerini, her şeye taş koyduklarını, onu tahakküm altına alıp itaat ettirerek beynini yıkamaya çalıştıklarını sadece kendi işine bakan topluma anlatmak istedi. Bu bir iş-

---

[3] Türkçede iş bırakma eylemi anlamına gelen "grev" sözcüğü Fransız İhtilali sırasında işçilerin bu meydanda yaptığı eylemlerden türemiştir. (E.N.)

kenceydi, güneşin doğuşuyla başlayıp aynı anda işkence gören sefilinki gibi saat dörde kadar sürüyordu. Sadece o zaman, bir kez için ponens caput expiravit[4] saatinin uğursuz sesiyle çığlık attı, fail bir miktar huzur buldu ve dinginleşti. Sonunda Ulbach'ın infazının ertesi günü, bu kitabı yazmaya başladı. İçi ancak o zaman rahatladı. Adli infazlar denilen bu devlet suçlarından biri işlendiği zaman, vicdanı onu suça ortaklıktan azat eyledi; artık Greve Meydanında toplumun her üyesinin başına damlayan kanlardan birini kendi alnında hissetmiyordu.

Ancak, bu yeterli değildi. Ellerini yıkamak makul olsa da kanın akmasını önlemek daha iyi olacaktı.

Ayrıca daha yücesini, daha kutsalını, daha azizini tanımadığı bir amaç söz konusuydu: ölüm cezasının kaldırılmasına katkıda bulunmak... Köklerinden devrimlerin büyümediği tek ağacı, darağacını yıkabilmek için yıllardır çalışan her milletten dürüst adamların dilekleri ve çabaları için desteğini canı gönülden bir şekilde dile getirdi. Kökleri Hristiyanlığın yüzyılları üzerinde güçlenen darağacına altmış altı yıl önce Beccaria'nın[5] vurduğu darbeyi genişletme görevine bu önemsiz adamın nail oluşu gurur vericiydi.

İdam sehpasının, devrimlerin yıkmadığı tek yapı olduğunu belirttik. Gerçekten de devrimlerin insan kanına bulaşmadan gerçekleştiği nadirdir ve idam, toplumu budamak için kullandıkları makaslardan biri olduğundan rahatsız olduklarını kesme, kırpma, yontma işlemleri için oldukça işlevlidir.

---

[4] (Lat.) "Başını eğerken son nefesini verdi." (Ç.N.)

[5] Cesare Beccaria Bonesana (1738-1794) Aydınlanma Çağı'nda ölüm cezasına karşı çıkmış İtalyan filozof, hukukçu, edebiyatçı. (E.N.)

Ancak itiraf etmeliyiz ki eğer herhangi bir devrim ölüm cezasını kaldırmaya layık ve muktedir görünüyorsa o da Temmuz Devrimi'dir. Bu devrimin içerisinde bulunduğu çağın, modern zamanların en merhametli ve popüler hareketi olan XI. Louis, Richelieu ve Robespierre'in barbar cezalarının devrilmesi ve insan hayatının dokunulmazlığı yasasının yürürlüğe sokulması için son derece uygun olduğu görülebilir. 1830, 93'ün giyotinini kırmaya hak kazanmıştır.

Bir an için bunu umut ettik. 1830 Ağustos'unda, havada o kadar fedakârlık ve merhamet kokusu vardı ki kitlelere bulaşan bir nezaket ve medeniyet ruhu söz konusuydu; aydınlık bir gelecek hayaliyle yürekler öylesine ferahlamıştı ki ölüm cezasının, bizleri bezdiren diğer konular gibi, birdenbire sessizce kanundan kaldırıldığını düşündük. İnsanlar eski rejimin paçavralarından kutlama ateşi yaktılar. Bu, paçavralar kanlı yadigârlardı, biz de onların bu yakılacaklar yığınında yer almaları gerektiğine inandık. Diğerleri gibi onların da yanacağını düşündük. Birkaç hafta boyunca, kendimizden emin bir güvenle, gelecekteki yaşamlarımızın özgürlükle kutsandığını umduk.

Cesare Bonesana'nın yüce ütopyasını yasal bir gerçeklik hâline getirme girişiminde bulunulmasından bu yana henüz iki ay geçmemişti.

Ne yazık ki bu girişim, fazlasıyla naif, beceriksizce ve neredeyse ikiyüzlü bir şekilde yapılmış hatta halkın ortak çıkarı ile pek örtüşmemekteydi.

1830 yılının Ekim ayında Napolyon'u sütunun[6] altına gömme önerisi gündemden çıkarıldıktan birkaç gün sonra bütün meclis ağlamaya ve feryat etmeye başladı. Ölüm cezası uygulaması gündeme alındı -bunun hangi vesileyle gerçekleştiğinden bahsedeceğiz-, bütün hukukçu müsveddelerini ani ve muazzam bir merhamet kaplamış gibi görünüyordu. Kimisi konuşuyor, kimi inliyor, kimi ellerini göğe kaldırıyordu. Ölüm cezası, yüce Tanrım! Ne dehşet!

Kırmızı kıyafetleri içinde saçlarını ağartmış, hayatı boyunca iddianamelerin kana banılmış ekmeğini yemiş eski bir başsavcı, aniden merhametli bir havaya bürünmüş ve giyotine duyduğu öfkeyi belirtmek için tanrılara ant içiyordu. İki gün boyunca, ortalık nutukçular ve yas tutanların konuşmalarından geçilmedi. Bu tarihî günde böyle güzel sesler çıkaran, meclisin ilk sıralarını süsleyen orkestranın muazzam do majör senfonisi, *Super Flumina Babylonis*[7] ve *Stabat Mater Dolorosa*[8] gibi hüzünlü mezmurlar, matem ve cenaze ağıtlarından oluşan bir konser sergiledi. Bas ve falsettolar birbirleri ile aşık attı. Hiçbir şey eksik değildi. Olayın daha acıklı ve yürek paralayan bir hâl alması na imkân yoktu. Özellikle gece seansı, Lachaussée'nin beşinci sahnesi gibi hassas, babacan ve yürek yakıcy-

[6] Vendome Sütunu, Austerlitz Muharebesi'nde elde edilen zaferi temsil etmesi amacıyla Napolyon Bonapart tarafından Traianus Sütunundan esinlenilerek yaptırılmıştır. (E.N.)

[7] Mezmur 137: "Babilin Nehirleri Tarafından" İsrailoğulları kavminin Babil sürgününü anlatan ağıttır. (E.N.)

[8] "Acıyla yanan bir ana burada duruyor" anlamına gelen 13. yüzyıl Hristiyan ilahisi, İsa çarmıha gerildiğinde annesi Meryem'in çektiği acıyı konu edinmektedir. (E.N.)

dı. Hiçbir şey anlamayan iyi kalpli halkın gözlerinde yaş vardı[9].

Peki, konu neydi? Ölüm cezasını kaldırmak mı?

Evet ve hayır.

İşte, gerçek:

Dünyada dört insan, nasıl olmaları beklenirse o denli normal, bir salonda tanışılabilecek ve belki de kendileriyle kibarca söz alışverişinde bulunulabilecek insanlar, işte bu dört adam, yüksek siyasi alanlarda, Bacon'ın "suç" ya da Machiavelli'nin "teşebbüs" olarak adlandırdığı yüksek politik emellerden birine kalkıştı. Oysaki, suç veya teşebbüs fark etmeksizin, kanun herkes için acımasızdır ve cezası ölümdür. Ve dört talihsiz insan oradaydı, Vincennes'in güzel tonozları altında üç yüz tane üç renk kokartlı tarafından gözetim altında tutulan mahkûmlar, kanunun esirleriydi. Ne yapılmalı ve nasıl yapılmalıydı? Bir arabanın içinde, kalın bir halatla soysuzca bağlanarak, belki de bir ismi dahi olmayan memurla sırt sırta Greve'e gönderilmelerinin imkânsız olduğunu anlıyor musunuz, benim ve sizin gibi dört adam, görmüş geçirmiş dört adam ile? O maun giyotinler keşke hâlâ var olsaydı!

Ne dersiniz? Artık ölüm cezasını kaldırmanın zamanı gelmedi mi?

Bu noktada ise Meclis devreye girdi.

Dikkat edin beyler, dün idamın kaldırılmasını hâlâ ütopik, farazi, hayal ürünü, delilik, şiirsel bir fantezi

---

[9] Meclis'te söylenen her şeyi aynı küçümsemeyici tutumda hor görmek istemiyoruz. Arada bir, bazı asil ve değerli sözler sarf edildi. Biz de diğer herkes gibi, Mösyö Lafayette'in vakur sadelikteki söylemini ve Mösyö Villemain'in kayda değer doğaçlamasını takdir ettik. (Victor Hugo)

olarak görüyordunuz. Arabadan, kalın halatlardan ve korkunç kızıl makineden ilk kez söz edilmediğine dikkatinizi çekerim ve bu çirkin aleti sanki ilk kez görüyormuş gibi davranmanızın tuhaf olduğunu unutmayın.

Peh! Ne olmuş yani? Bu ölüm cezasını kaldırmamız siz sıradan halkın hayrına değil, bizim gibi bakan olması muhtemel milletvekillerinin bekası içindir. Guillotin'in[10] aletinin üst sınıfları için tehdit oluşturmasını istemiyoruz. Bu yüzden de onu yok ediyoruz. Herkes için düzenlenirse ne iyi, ama biz sadece kendimizi düşündük. Ucalégon yanıyor, bu yangını söndürmemiz lazım. Hızlıca, cellâdı silelim, kanununsa üstünü çizelim.

Böylelikle kokuşmuş bencillik, en yüksek sosyal amaçların arasına sızarak onları bozar. Beyaz mermerdeki siyah damar gibi, her yerde dolaşır ve keskinin altında ansızın vuku bulur. Heykel baştan yapılmalıdır.

Elbette, dört bakanın kellelerini talep edenler arasında olmadığımızı burada beyan etmemize lüzum yok. Bu talihsiz adamlar tutuklanınca, cinayetlerinin herkeste olduğu gibi, bizde de yol açtığı o korkunç öfke yerini derin bir merhamete bıraktı. Aralarında bazılarının önyargılarının eğitimlerinden ve yetiştirilme tarzlarından geldiğine, cezaevlerinin nemli köşelerinde zamanından önce saçlarına aklar düşen liderlerinin yeterince gelişememiş bir beyne sahip olduğuna, içinde bulundukları durumun zorlu koşullarına, monarşinin 8 Ağustos

[10] Joseph-Ignace Guillotin (1738-1814) her ne kadar doğrudan giyotinin mucidi olmasa da idamları bir mekanizma ile uygulama fikrini ortaya atan tıp doktoru. (E.N.)

1829'da tam hızda atıldığı bu hızlı yokuşta durmanın imkânsızlığına, başlarına gelen talihsizlikleri soylu bir pelerin gibi örttüğü onuruna kanaat getirdik. Hayatlarının kurtulmasını samimiyetle istiyorduk ve kendimizi buna adamaya hazırdık. Eğer mümkün olsaydı da onları bir gün tekrar Greve'de darağacında görseydik, şüpheye kapılmaksızın onları bu yanılsamadan çekip çıkarmak isterdik; işte, orada bir isyan hâsıl olurdu ve bu satırları yazan kişi bizzat bu isyanın bir öznesi olurdu. Zira bütün sosyal krizlerin içinde ve tüm idamların arasında, bunun siyasi idamın en iğrenç, en ölümcül, en zehirli, en yıkıcı şekli olduğu söylenmelidir. Bu giyotin türü, yolların döşeme taşlarında kök salmakta ve kısa sürede toprağın tüm noktalarında büyümektedir.

Devrim zamanlarında, alınan ilk kelleye dikkat edin. Bu, insanların iştahını açar.

Bu yüzden kişisel olarak, siyasi sebeplerin yanı sıra duygusal sebeplerle de dört bakanı korumak isteyenlerle hemfikirdik. Biz yalnızca meclisin ölüm cezasının kaldırılmasını başka bir zamanda teklif etmesini tercih ederdik.

Eğer beklenen fesih, idamın kaldırılması, Tuileries'ten Vincennes'e düşen dört bakan için değil de bilakis yollarda hırsızlık yapan sıradan adam için; sokakta yanınızdan geçtiklerinde yüzlerine bakamayacağınız sefillerden biri için; konuşmaya tenezzül etmediğiniz, içgüdüsel olarak dirsek temasından bile kaçındığınız, kavşakların çamurunda çıplak ayakla koşan hırpani çocukluk geçirmiş talihsizler için; kışın rıhtımların kenarlarında titreyen, siz akşam yemeği yerken M. Vefour'un mutfaklarının hava deliğinde ısınan, orada burada çöplerin içini kazarak çıkardığı ekmek kabuğunu yemeden önce silmek zorunda kalan, bir metelik bulmak için her yeri karış karış eşeleyen, kralın şölen gösterilerini ve bedavaya görebileceği tek eğlence olan Greve'deki infazları seyretmekten başka bir seçeneği olmayan, açlığın hırsızlığa, hırsızlığın da başka şeylere ittiği fakir şeytanlar için; on iki yaşında ıslahhanenin, on sekiz yaşında zindanın, kırkında ise idamın beklediği üvey toplumun veliahdı çocukları bir okul ve bir atölyede iyi, ahlaklı, faydalı kılınabilecekken talihsizce işe yaramaz bir yük olarak, kâh Toulon'un kırmızı karınca yuvasına kâh Clamart'ın sessiz zindanına döktüğünüz, özgürlüklerini çaldıktan sonra bir de hayatlarını ellerinden aldığınız bu insancıklar için, işte, ölüm cezasının kaldırılması keşke bunlardan biri için teklif edilseydi. Ah! Ancak o vakit bu oturum gerçekten şerefli, asil, aziz, muhteşem ve saygıdeğer olurdu. Trent'in yüce pederlerinin, kâfirleri tanrının yüreği adına konseye davet etmesinden bu yana, *Per viscera Dei*, onların dinlerini değiştirmesi umuduyla, *quoniam sancta synodus sope hoereticorum conversionem*, hiçbir insan evladı dünyaya daha yüce, daha şanlı ve daha merhametli bir gösteri sunamazdı. Zayıf ve küçüklere acıma hakkı, daima gerçekten güçlü ve gerçekten büyük olanlara ait olmuştur. Bir Brahmin[11] konseyinin paryanın[12] davasını ele al-

---

[11] Hint kast sisteminde toplumun en üst sınıfını Brahminler oluşturur. (E.N.)

[12] Hint kast siteminde paryalar kast dışı olarak nitelendirilir, sınıflandırmanın dışındadırlar. (E.N.)

ması oldukça adil olurdu. İşte burada, paryanın davası, halkın davasıydı. Kişisel çıkarınız olmaksızın, yalnızca onlar içim ölüm cezasını ortadan kaldırarak, siyasi bir çalışmanın ötesine geçerek sosyal bir dava güderdiniz. Siz ise siyasi bir çalışma uğruna dahi idamı ortadan kaldırmaya tenezzül etmediniz, bu cezayı uygulamayı durdurmak için değil, darbenin pençesine düşmüş talihsiz dört bakanı kurtaralım diye uğraştınız!

Peki, sonra ne oldu? Sizin samimiyetsizliğiniz güvensizlik ortamı yarattı. Halk birtakım dalaverelerin döndüğünü sezinlediği gibi bu tasarıya sırt çevirdi ve bu kez de bunca zaman tüm yükünü kendilerinin çektiği ölüm cezasını savunma davasını üstlendiler. Tüm bunları bulunduğumuz noktaya getiren sizin beceriksizliğiniz. Önyargı meselesine bu kadar samimiyetsiz biçimde değinerek, uzun zaman boyunca her şeyi siz riske attınız. Siz bir komedi oyununun maskara oyuncularıydınız, biz ise size ıslık çaldık.

Ancak her zaman bu komediyi ciddiye alacak birileri çıkmaktadır. Ünlü oturumdan hemen sonra, dürüst bir mühür sahibi başsavcılara tüm idamları süresiz olarak askıya alma emri verildi. Görünüşte bu büyük bir adımdı. Ölüm cezasına karşı çıkan rakipler sonunda rahat bir nefes aldı. Fakat bu yanılsama kısa sürdü.

Bakanların yargılanması sona erdi, ne ceza aldılar bilmiyorum. Dört hayat kurtuldu. Ham Kalesi, ölüm ve özgürlük arasındaki orta yol olarak seçildi. Bu çeşit düzenlemeler yapılınca, devlet idarecilerinin zihnindeki tüm korku kayboldu ancak korkuyla beraber tüm insanlık da yitirildi. Artık mesele idam cezasını kaldırmak değildi ve artık ona duyulan ihtiyaç ortadan kalktığında, ütopya tekrar ütopya, teori tekrar teori, şiir tekrar şiir oldu.

Bununla birlikte, hâlâ beş ya da altı aydır tarlalarda yürüyen, nefes alan, o zamandan beri sakin, hayatta kalacağından emin, af yerine tecil edilerek cezaevlerinde kalan talihsiz serseri mahkûmlar var. Ama bekleyiniz.

Doğrusunu söylemek gerekirse, cellât dehşete kapılmıştı. Kanun yapıcıların insanlık, insanseverlik[13], ilerleme hakkında konuştuğunu duyduğu gün, kendisinin kaybettiğini düşündü. Sefil adam, Temmuz güneşinin altında günün ortasındaki bir gece kuşu gibi rahatsız, unutulmaya çalışarak, kulaklarını tıkayıp nefes almaya bile cüret etmeden saklanmıştı. Altı aydır görülmemişti. Hiçbir yaşam belirtisi vermedi. Zifiri karanlıkta yavaş yavaş kendini güvence altına almıştı. Meclisin oturumlarını dinlemiş ve ismini duymamıştı. Onu korkutan bu büyük sözler sarf edilmemişti. Suç ve Ceza Antlaşmasının beyan ve yorumları artık o kadar da konuşulmaz olmuştu. Artık başka şeyler tartışılıyordu: daha ciddi sosyal konular, köy yolu inşası, Opéra Comique için yardım fonu veya yüz elli milyarlık fahiş bütçenin yüz bin franklık kaybı... Artık kimse kelle uçurmayı düşünmüyordu. Neden sonra adam sakinleşmeye başladı, La Fontaine masallarından fırlamış bir fare edasıyla, başını deliğinden çıkarıp etrafı izlemeye koyuldu, birkaç adım attı ve idam sehpasının altında konuşlandığı yerinden ayrılmaya cüret etti, sonra eski dostunun üzerine atla-

[13] Filantropi (E.N.)

yıp onu tamir etti, onardı; ardından onu bir güzel parlatarak kullanılmamaktan paslanan mekaniği cilaladı; başladı etrafında fırıl fırıl dönmeye, birdenbire arkasını dönerek hapishanede cezalandırılarak hayatının ona bağışlandığına inanan o talihsizlerden birini saçlarından yakalayıp kendine çekti. Gerisi: onu soymak, bağlamak ve aynı idam teranelerinin tekrar başlaması...

Bütün bunlar korkunç olduğu kadar tarihin bir parçasıdır.

Evet, talihsiz mahkûmlara verilen altı aylık bir tecil, onları cezalarının ağırlaştırıldığı bir hayat olarak armağan edildi; sonra da sebepsiz ve gereksiz yere, ortada hiçbir neden yokken, zevk için, güzel bir günün sabahında tecil iptal edildi ve tüm bu insanlar umarsızca darağacına teslim edildi. Ah, Tanrım! Size soruyorum, bu adamlar bize ne yaptı da tüm bunları yaşamak zorunda bırakıldı? Fransa'da herkesin nefes alması için yetecek kadar hava kalmadı mı?

Eğer bir gün, kendisi için pek de bir şey ifade etmediği hâlde, Yargıtay'ın sefil bir kâtibi ayağa kalkıp şöyle dediyse: "Haydi! Artık kimse ölüm cezasının kaldırılması gerektiğini düşünmüyor. Giyotine geri dönme zamanı!" bu adam başından kim bilir ne korkunç şeyler geçmiş, kötü yüreklinin tekidir.

Bununla birlikte, şunu söylemeliyiz ki infazlara hiçbir zaman temmuz ayındaki tecilin iptalinden beri daha acımasız şartlar eşlik etmedi, Greve'deki olaylar asla daha isyancı olmadı ve ölüm cezasının lanetini daha açıkça ortaya koymadı. Bu dehşetin artması, bizzat kan yasasını yürürlüğe koyan adamların cezasıdır. Umarım kendi eserleriyle cezalandırılırlar, bu onlara müstahaktır.

Bazı birkaç infaz örneğinden burada bahsedilmeli ki ne kadar tüyler ürpertici ve dine aykırı oldukları anlaşılsın. Kralın savcılarının eşlerinin sinirlerine dokunursa pek iyi. Bazen en azından kadınlar vicdanlı oluyor.

Geçen Eylül ayının sonlarına doğru -yeri, günü veya mahkûmun ismi tam olarak aklımızda değil ama itilaflı bir durum ortaya çıkarsa öğrenebiliriz fakat yerin Pamiers olduğunu sanıyoruz- cezaevinde sessizce iskambil oynamakta olan bir adam için gidildi; ona iki saat içinde ölmesi gerektiği söylendi, bu haber sonucunda adamın tüm vücudunu bir titreme aldı çünkü unutulmasından bu yana geçen altı ay boyunca, artık ölümü hesaba katmamıştı; tıraş edildi, saçları kesildi, eli kolu sımsıkı bağlandı, günah çıkarttırıldı; daha sonra arabayla dört jandarma arasında, kalabalığın içinden infaz yerine taşındı. O ana dek her şey ne kadar basit görünse de sonunda işler bambaşka bir hâle geldi. İdam sehpasına ulaştığında, cellât onu rahipten devralıp taşıdı, sehpaya bağladı, -tabiri caizse- "fırına verdi", sonra elindeki satırı aşağı indirdi. O anda, dehşet veren olaylar başladı, ağır demir üçgen ansızın çözüldü ve sarsılarak yuvalarından düştü, tam da adamın üzerine. Henüz hayatta olan adam korkunç bir çığlık attı. Keyfi kaçan cellât, satırı kaldırdı ve tekrar aşağı indirdi. Satır, mahkûmun boynuyla ikinci kez buluştu ancak onu öldürmedi. Adam da kalabalık da çığlıklar attı. Cellât satırı tekrar yukarı kaldırarak üçüncü atışta daha iyisini umdu. Nokta. Üçüncü atış, mahkûmun ensesinden üçüncü kez kan gölü fışkırmasına sebep oldu ama kelleyi koparmaya yetmedi. Lafı uzatmayalım. Bıçak beş kez yukarı çıktı ve aşağı indi, mahkûmu beş kez sıyırdı, mahkûm darbenin altında beş kez haykırdı ve af dileyerek başını salladı! Öfkeli halk ellerine taş alarak -kendi adalet anlayışlarına göre- sefil cellâdı taşlamaya başladı. Cellât giyotinin altına kaçtı ve jandarmaların atlarının arkasına gizlendi. Fakat henüz sonuna gelmedik. İşkence gören mahkûm, idam sehpası üzerinde yalnız, tahta üzerinde doğrulmuş ve ayakta, korku içinde, kan gölünün ortasında, omzunun üzerinde sarkan yarı kesik kafasını dayayarak, cılız çığlıklarla gelip kafasını ayırmalarını istedi. Merhamet dolu kalabalık, ölüm cezasının beş katı acıya maruz kalan talihsizin yardımına gelmesi için jandarmaları zorlamaya başladı. O sırada cellâdın yirmili yaşlardaki genç uşağı, idam sehpasına çıktı, mahkûma onu çözmesi için arkasını dönmesini söyledi ve ardından kurbanın güvenle dediğini yapmasından faydalanarak eline satırı alıp adamın sırtına atladı, cellâdın yarım bıraktığı işi tamamladı. Evet. Tüm bunlar gerçekten de yaşanmış ve görülmüştür.

Kanun hükümlerine göre, bir hâkimin bu infaza katılması gerekiyordu. Küçük bir işaretle her şeyi durdurabilirdi. Bu insancık burada katledilirken, o adamın, arabasının arka koltuğunda ne işi vardı? Güpegündüz gözlerinin önünde, atlarının iki soluğu arasında, araba kapısının camının altında biri öldürülürken bu katil cezalandırıcısı ne ile meşguldü?

Ve hâkim yargılanmadı! Hatta cellât da yargılanmadı! Ve hiçbir mahkeme, Tanrı'nın yaratığının kutsal şahsını böyle korkunç bir şekilde imha edebilen kanunlar hakkında soruşturma açmadı!

On yedinci yüzyılda, ceza kanununun karanlık zamanları olan Richelieu ve Christophe Fouquet döneminde, Bouffay de Nantes'in önünde, Mösyö Chalais beceriksiz bir asker tarafından, tek bir kılıç darbesi yerine, küçük bir balta ile otuz dört[14] kez vurularak öldürüldü; en azından, bu durum Paris parlamentosuna tarafından normal karşılanmadı. Bir soruşturma ve bir dava açıldı; eğer Richelieu veya Christophe Fouquet cezalandırılmadıysa da asker cezalandırıldı. Hiç şüphesiz adaletsizceydi, ama tüm bunların temelinde yine de adalet vardı.

Burada ise hiçbir şey olduğu yoktu. Bu olay, Temmuz ayından sonra, Meclisin ölüm cezası hakkındaki vicdan rahatsızlığından bir yıl sonra, yasalara bağlılığın yüksek olduğu bir ilerleme zamanında gerçekleşti. Elbette, olaylar pek fark ettirilmeden geçti gitti. Paris gazeteleri bunu doğruluğu şüpheli bir durum olarak yayınladı. Kimse endişelenmedi. Sadece giyotinin, yüksek eserlerin infazcısına zarar vermek isteyen biri tarafından kasıtlı olarak sabote edildiği konuşuldu. Bu, ustası tarafından kovulan bir cellât uşağı olmalıydı, intikam almak için ona kötülük yapmıştı.

Bu sadece şeytanca bir hileydi. Devam edelim.

[14] La Porte yirmi iki diyor, öte yandan Aubery otuz dört odlunu söylüyor. Mösyö Chalais yirminci vuruşa dek bağırdı. (V.H.)

Dijon'da, üç ay önce, bir kadın idama götürüldü (Bir kadın!). Bu kez yine, Dr. Guillotin'in bıçağı görevini iyi yapmadı. Kafa tamamen kesilememişti. Daha sonra, infazcının uşakları kadını ayaklarından yakaladı ve talihsiz kadının feryatları arasında her yöne çekiştirerek üstüne çullanarak kafasını vücuttan kopararak ayırdılar.

Paris'te gizli idamlar zamanına geri dönüyoruz. Artık Temmuz'dan beri Greve'de kelle almaya cüret edemediklerinden, korkak oldukları için başka bir yönteme başvurdular. Son zamanlarda Bicêtre'de ölüme mahkûm olan Désandrieux adında bir adamı ele geçirdiler; inanıyorum ki iki tekerlek üzerinde sürüklenen, her yanı kapalı, kilitli ve sürgülü bir sepete kondu; sonra, başında bir jandarma, kuyruğunda bir jandarma, alçak sesle ve kalabalıktan uzak, tenha bir yerde, paket yapılıp Saint-Jacques bariyerine atıldı. Oraya vardıklarında saat sabah sekizdi, gün daha yeni ışımıştı, yepyeni bir giyotin dikmişlerdi ve bu görülmemiş makinenin etrafındaki taş yığınlarının üzerinde toplanan birkaç düzine küçük çocuk vardı. Hızlı bir şekilde, adam sepetten çıkarıldı ve nefes almasına zaman tanımadan, çaktırmadan, sinsice, utanmaz bir şekilde kellesi koparıldı. Ve buna kamu hareketi ve yüksek adalet töreni denir. Rezil kinaye!

Öyleyse, kral eşrafı medeniyet kelimesinden ne anlıyor? Bu konuda neredeyiz? Adalet stratejilerle ve hilelerle hiçe sayıldı! Kanun ise tedbirlerle! Korkunç!

Bu nedenle, ölüme mahkûm bir insan için, toplumun bu şekilde ihanet etmesi çok korkunç bir şey!

Yine de adil olalım, infaz pek de gizli olmamıştı. Sabahleyin Paris'in kavşaklarında ölüm cezası her zaman olduğu gibi bağıra çağıra satıldı. Görünüşe göre bu satıştan geçinen insanlar var. Anlıyor musunuz? Talihsiz bir insanın suçundan, cezasından, işkencelerinden, ıstırabından geçinilebilir, bu acı bir metelik uğruna satılabilir. Kanda paslanmış bu metelikten daha tiksindirici bir şey hayal edebiliyor musunuz? Onu kim toplamak isteyebilir?

Şimdilik bu kadar hakikat kâfi. Hatta fazla bile. Bütün bunlar korkunç değil mi? Ölüm cezası hakkında ne ileri süreceksiniz?

Bu soruyu ciddiye alıyoruz; cevaplanması için soruyoruz, hatta bu soruyu ceza avukatlarına soruyoruz, geveze entelektüellere değil. Ölüm cezasını da pek çok diğer konu gibi çelişkili yapısından dolayı ilgi çekici bulanlar olduğunu biliyoruz. Sırf hoşlanmadıkları biri karşı çıkıyor diye ölüm cezasını destekleyenler var. Bu onlar için neredeyse edebi bir mesele hâline gelmiş ve tamamen kişiliklerle veya isimlerle alakalıdır. Bu kişiler, aralarında iyi hukuk danışmanları olabileceği gibi büyük sanatçıların da yer aldığı bir kıskançlık kortejidir. Joseph Grippa'lar, Filangieri'yi, Torregiani'ler Michelangelo'yu ve Scudery'ler Corneille'yi aratmaz.

Bize onlara değil, hukukçuların kendilerine, diyalektikçilere, akıl yürütücülere, ölüm cezasını ölüm cezası olarak, onda bulduğu güzellik, iyilik, zarafet için sevenlere sesleniyoruz.

Lütfen bu kişiler bu durumun açıklamasını yapabilir mi?

Yargılayan ve kınayanlar, ölüm cezasının gerekli olduğunu söylüyorlar çünkü ilk olarak, "Sosyal topluluğa daha önce zarar vermiş ve hâlâ ona zarar verme ihtimali olan bir üyeyi ortadan kaldırmak gereklidir." Fakat mevzu bahis yalnızca bundan ibaret olsaydı, müebbet cezası kâfi gelirdi, o hâlde neden onları öldürmek? Bir kez de hapishaneden kaçılabileceklerini söyleyerek karşı çıkıyorsunuz. O zaman onlara daha iyi göz kulak olun. Demir parmaklıkların sağlamlığına karşı bu denli güvensizseniz vahşi hayvanları kafeslerde tutmaya nasıl cüret ediyorsunuz?

Gardiyanın yeterli olduğu yerde cellât gerekli değildir.

İkinci olarak diyorsunuz ki "toplum intikam almalıdır, toplum cezalandırmalıdır." Ne biri ne de diğeri... İntikam almak bireyseldir, cezalandırmak Tanrı'ya hastır.

Toplum bu ikisinin ortasında yer alır. Ceza toplumun çok üstünde, intikam ise oldukça altındadır. O kadar büyük ve o kadar küçük hiçbir şey ona uygun değildir. İntikam almak için cezalandırmak yerine ıslah edilerek geliştirilmeleri gerekir. Bu şekilde, ceza avukatlarının çalışma yöntemini dönüştürürseniz, bunu anlarız ve destekleriz.

Geriye üçüncü ve son sebep kalıyor, ibretlik örnek teorisi. "İbret alınacak bir örnek oluşturmalıyız! Taklit edilmeye çalışılan suçluların kaderinin nasıl olacağını göstererek korkutmak gerekir!" İşte beş yüz Fransız mahkemesinin iddianamelerinin, az çok birbirinden farklı telaffuz edilse de aşağı yukarı her metninde aynı olan o ebedi cümle. Pekâlâ! Öncelikle, bunların herhangi birinin dahi ibretlik olduğunu düşünmüyoruz. İşkence gösterisinin beklenen etkiyi oluşturduğunu inkâr ediyoruz. Böyle uygulamalar halka örnek olmaktan çok, onların morallerini bozmakta ve içlerindeki tüm hassasiyeti, dolayısıyla tüm erdemi yıkıp geçmektedir. Kanıtlar hafızamızı dolup taşıracak kadar fazladır. Yine de, binlerce gerçek arasından aralarındaki en yeni olana işaret edeceğiz. Bunu yazarken olayın üzerinden yalnızca on gün geçmiş durumda. Karnavalın son günü, Saint-Pol'de, Louis Camus adında bir kundakçının infazından hemen sonra, maskeli bir birlik idam sehpası hâlâ kanlıyken etrafında dans etmeye geldi. Öyleyse buyurun size ibret! Karnaval bile sizinle alay eder.

Eğer, tüm tecrübelere rağmen, bu bayağı ibret teorisine uyacaksanız o zaman bizi on altıncı yüzyıla geri götürün, gerçekten dehşet verici olun, işkence çeşitlerini sayın, Farinacci'dan[15] bahsedin, işkenceci jürileri betimleyin, bize darağacını, çark işkencesini, odun yığınını, direğe çekmeyi, kulak kesmeyi, atlarla uzuv koparmayı, kanlı canlı toprağa gömmeyi, kazanda diri diri haşlamayı anlatın; Paris'in tüm kavşaklarında, diğerleri arasında her zaman açık bir dükkân gibi, cellâdın sürekli taze etlerle süslü iğrenç kasap kütüğünü tasvir edin. Montfaucon'u, on altı taş direği, kaba taş sıralarını, kuru kemikli mahzenleri, kirişleri, kancaları, zincirleri, iskelet şişlerini, kargaların pislettiği alçıdan

[15] Prospero Farinacci (1554-1618) sert ceza uygulamalarıyla anılan İtalyan avukat ve yargıç. (E.N.)

tepeleri, çoklu darağaçlarını, poyraz rüzgârının estikçe tapınağın banliyösünün her yerine yaydığı ceset kokularını, tüm kalıcılığıyla ve kudretiyle Paris'in cellâdının devasa yapısını detaylandırın. Neden olmasın? İşte size örnek, işte ölüm cezası için pek makul sebepler... İşte çok çirkin ve bir o kadar da korkunç olan...

O da olmazsa İngiltere'deki gibi yapın. Bir ticaret ülkesi olan İngiltere'de, Dover sahilinde bir kaçakçı ele geçirilir, ibret için idam edilir, ibret için darağacında asılı bırakılır ancak kötü hava şartları cesedi bozmasın diye özenle sarılır, hem de çok sık yenilemeye gerek kalmasın ve daha az masraflı olsun diye katran kaplı bir bezle. Ey ekonomi dünyası! Asılanları katranlamak!

Bu durum içerisinde yine de mantıklı gerekçeler bulunabilir. Bu, ibretlik örnek fikrini anlamanın en insancıl yoludur.

Ama siz, hakikaten de kıyıda köşede kalmış bulvarların en tenha köşelerinden birinde zavallı bir adamı sefilce boğazladığınızda ibretlik bir örnek oluşturduğunuza mı inanıyorsunuz? Greve'de, güpegündüz yapılanlar hakkında bir şeyler söylemek mümkün, peki ya Saint-Jacques bariyerinde saat sabahın sekizinde neler oluyor? Oraya kim gider? Orada bir adam öldürseniz bundan kim haberdar olabilir? Kim bunun sadece ibretlik bir örnek oluşturmak uğruna işlenmiş bir cinayet olduğunu akıl eder? Bu ibret kim için? Görünüşe göre bulvarın ağaçları için.

Öyleyse halk infazlarının el altından yapıldığını görmüyor musunuz? Saklandığınızı görmüyor musunuz? Eserinizden neden korku ve utanç duyuyorsunuz? Gülünç bir şekilde *discite justitiam moniti*[16] sözünüzü mü mırıldanıyorsunuz? Derinlerde siz de kendinizi ikna edemiyorsunuz, konuşmaya dahi şüpheyle yaklaşıyorsunuz, haklı olup olmadığınızı bilmiyorsunuz, rutin olarak kelle kesmeye olan kuşkunuz sizin de her yanınızı kuşatmış. En azından kalbinizin derinliklerinde, seleflerinizin ve eski milletvekillerinin vicdan azabı duymadan yerine getirdikleri kanlı misyonun yarattığı ahlaki ve sosyal tatmini kaybettiğinizi hissetmiyor musunuz? Geceleri, başınızı yastığa koyduğunuzda rahat uyuyabiliyor musunuz? Sizden önce başkaları idam cezasını emretti ama kendilerinin doğru yolda, adaletli ve iyiliksever olduklarına inandılar. Jouvenel des Ursins kendisini bir hâkim olarak görmekteydi, Elie de Thorrette bir hâkim olduğuna inanıyordu, Laubardemont, La Reynie ve Laffemas da kendilerini birer hâkim olarak tanıtırdı; ancak siz, kendi zihninizde, katil olmadığınızdan o kadar da emin değilsiniz.

Saint-Jacques bariyeri için Greve'i, yalnızlık için kalabalığı, alacakaranlık için gün ışığını terk ediyorsunuz. Artık, işinizi o kadar da kararlı biçimde yapmıyorsunuz. Söylüyorum size, saklanıyorsunuz!

Ölüm cezasını haklı çıkaran tüm sebepler, işte böylece yıkıldı. İşte savcılığın tüm kıyasları hiçliğe dayanıyor. Tüm bu iddianamelerin kökü kazındı ve her biri tarih oldu. En ufak bir mantık dokunuşu tüm safsatalara iyi gelir.

[16] (Lat.) "Adaletin ne olduğunu bu örnek sayesinde öğrenin." (E.N.)

Kralın adamları, artık bizden, biz jürilerden, insanlardan, toplum namına ve halkın intikamı adına, yeni örnekler vererek bizi korumak için şefkatli bir sesle yemin ederek kelle istemeye gelmeyecekler. Belagat, gözyaşı, bunların hiçbiri! Bu abartılı hitabetlerde ve söz sanatlarında pek az iğneleme vardır ve bu laf kalabalığı da artık balon gibi sönmüştür. Bu tatlı sözlerin derinlerinde, gayretini ispatlayıp şereflerini kazanmak isterken ortaya çıkan tek şey acımasız kalpleriniz, zalimliğiniz ve barbarlığınız. Ey aydınlar, susunuz! Hâkimin kadife patisi altında cellâdın pençeleri gizleniyor.

Kraliyet Savcısının ne kadar soğukkanlı olduğunu düşünmek zordur. Başkalarını idam sehpasına göndererek hayatını kazanan bir adam... Greve meydanlarının en yetkili tedarikçisi... Zaten tarz ve edebiyatta iddialı olan bir beyefendi, iyi bir konuşmacı olan ya da öyle olduğunu düşünen, ölüme karar vermeden önce bir ya da iki Latince mısra okuyan, insanları etkilemeye çalışan, her şeyden önce kendi çıkarını düşünen bir rezil! Başkalarının hayatları onun elindeyken, kendi öykündüğü şairlere dönüp, Bellart'a, bunun Marchangy'e, onun Racine'i, bunun Boileu'suna dalan rezil bir adamdır. Tartışmalarda, giyotinin tarafını tutar; bu, onun rolü ve hatta yaşam tarzıdır. Onun iddianamesi bir edebi eserdir; bu sebepten metaforlarla süslenmeli, alıntı kokuları katılmalı, izleyiciler için güzel olmalı ve kadınların hoşuna gitmelidir. Ortak konular hakkında kendine has bilgi dağarcığına ve bir yazarın ifade zarafetine sahiptir. Doğrudan anlatımdan neredeyse Delille okulunun trajik şairleri kadar nefret eder. Bir şeylerin kendi isimleriyle çağrılmasından korkmayın. Ne yazık! Yalın bir şekilde dile getirdiği gerçeklerde ise muhakkak onları ardına gizleyecek belgeç ve sıfatlar kullanır. Bu, Bay Samson'u gösterişli kılar. Giyotinin üzerini süslü örtülerle sarar. Darağacını silikleştirir. Kanlı sepeti dolaylı anlatımla eğip büker. Eğer zarif ve nezih bir şey değilse aslında neyden bahsediyor olduğunu anlayamazsınız. Onu, geceleri çalışma odasında, boş zamanlarını idam sehpasını altı hafta içerisinde tekrar dikmeyi sağlayacak bu nutku en iyi şekilde hazırlamaya çalışırken tasavvur edemiyor musunuz? Kanunun en ölümcül maddesiyle, bir sanığın kellesini sepete koymak için kan ter içinde çabaladığını fark etmiyor musunuz? Bir sefilin canını almaya yetmeyecek kör yasayı allayıp pullarken görmediniz mi? Bir adamın ölümüne dönüştürebilmek adına, iki üç zehirli metni nasıl kelime oyunları ve mecazlarıyla doldurduğunu anlamıyor musunuz? Masasının altındaki gölgede bunları yazarken, cellâdı ayaklarının altında çömelmiş ve o da arada bir kalemini durdurup cellâdına dönerek, bir sahibin köpeğine seslendiği gibi, ona bunları söylemesi muhtemel değil midir: "Sakin ol! Sakin ol! Sana kemiğini vereceğim!"

Kralın bu adamı, özel hayatında elbette ki Père Lachaise'nin tüm mezar yazılarının söylediği gibi, dürüst bir adam, iyi bir baba, iyi bir oğul, iyi bir koca, iyi bir arkadaş olabilir.

Umalım ki yasanın bu işlevlerinin ortadan kalkacağı gün yakındır. Medeniyetimizin mizacı er ya da geç fakat muhakkak ölüm cezasının kaldırılmasına vesile olacaktır.

Bazen ölüm cezası savunucularının, bunun ne olduğu hakkında iyice düşünmediklerine inanmayı dedik. Fakat tüm suçlar arasında en affedilemez olanla halkın kendisine verilmeyen ve hiçbir şeyi düzeltemediği aşikâr olan cezalandırma hakkını terazinin kefelerinde tartın.

İki seçenek vardır:

Ya cezalandırdığınız adamın ailesi, anne babası, bu dünyada kimsesi yok. Ve bu durumda ne eğitim ne öğretim almadı, aklı da kalbi de dikkatten yoksun kaldı; öyleyse, bu sefil yetimi hangi hakla öldürüyorsunuz? Onu bir soyu olmaksızın yerde sürünen çocukluğu yüzünden cezalandırıyorsunuz! Onu, bıraktığınız yerdeki yalnızlığa hapsediyorsunuz! Onun talihsizliğinden suç çıkarıyorsunuz! Kimse ona doğruyu yanlıştan ayırt etmeyi öğretmedi. Bu adam bilmiyor. Onun hatası kaderine ait, ona değil. Masum bir adamı cezalandırıyorsunuz.

Ya da bu adamın bir ailesi var; öyleyse, onu verdiğiniz darbenin sadece onu mu incittiğini düşünüyorsunuz? Onda açtığınız yaraların babasının, annesinin, çocuklarının canını da yakmayacağını mı zannediyorsunuz? Hayır. Onu öldürerek, bütün ailesini idam ediyorsunuz. Ve burada yine masum insanları cezalandırıyorsunuz.

Sakar ve kör bir ceza usulü, her hâlükârda masumları cezalandırır!

Bu adamı, bir aile sahibi bu suçluyu, neden hapishaneye atmıyorsunuz? Hapishanesindeyken, kendisine muhtaç kişiler için hâlâ çalışmaya devam edebilir. Peki, mezarının dibindeyken onları nasıl geçindirebilir? Ve siz, babalarını, yani ekmeklerini ellerinden aldığınız bu küçük erkek çocukların, bu küçük kızlarının ne olacağını içiniz titremeden düşünebiliyor musunuz? Bu ailede, on beş yıl içinde, erkek çocukların hapishaneye, kız çocukların ise meyhaneye düşmeyeceğine inanıyor musunuz? Of! Zavallı masumlar!

Kolonilerde, bir köle idama mahkûm edildiğinde, bu kölenin efendisine tazminat olarak bin frank verilir. Ne! Efendiye zararını ödüyorsunuz ama aileye tazminat vermiyorsunuz! Burada da ona sahip olanlardan bir insan almış olmuyor musunuz? Efendi karşısında babasının mülkiyeti, karısının malı, çocuklarından eşyası, köle kadar kutsal bir unvan değil midir?

Bu arada yasanızın cinayeti kapsayışından emin olduğumuz gibi artık içerisinde hırsızlığı da barındırdığını anladık.

Başka bir şeye daha... Bu adamın ruhunu düşünüyor musunuz? Hangi durumda bulunduğunu biliyor musunuz? O ruhu bedeninden bu denli hızlı ayırmak içinize siniyor mu? Eskiden en azından, halk arasında bazı inançlar yayılmıştı; yüce anda, havadaki dini güç en suçlu insanları bile yumuşatırdı; kurban aynı zamanda bir tövbekâr idi; din, toplum dünyayı birine kapattığı anda ona başka bir dünya açıyordu; Her ruh Tanrı'nın bilincindeydi, idam sehpası sadece cennetin bir sınırıydı. Ama bu büyük kalabalığın inanmadığı takdirde, tüm dinler limanlarımızda çürüyen ve bir zamanlar dünyaları keşfetmiş olan eski gemiler gibi, çürüyüp yozlaşma saldırısına uğramışken, o küçük çocuklar Tanrı ile dalga geçmeye başlamışken idam sehpasına hangi umutları koyabilirsiniz? Mahkûmlarınızın karanlık ruhlarından, Voltaire ve M. Pigault-Lebrun'un yarattığı o ruhlardan siz kendiniz bile şüphe ediyorken böyle bir şeye hangi hakla atılabilirsiniz? Onları hapishane papazına teslim ediyorsunuz, kendisi şüphesiz kusursuz bir ihtiyar, ama kendisi inanıyor ve onları da inandırabiliyor mu? Ya bu ihtiyar adam kutsal işlerini gerçekleştirirken onları gündelik angaryadan daha farklı tutmuyorsa? Cellâtla omuz omuza hareket eden o ihtiyarı gerçekten bir rahip olarak görüyor musunuz? Cesaret ve yetenek dolu bir yazar bizden önce şöyle dedi: "Günah çıkaran rahibi yok edip cellâdı tutmak ne korkunç bir şey!"

Şüphesiz bunlar, mantıklarını sadece kendi kafalarından alan bazı kibirli insanların dediği gibi, duygusal sebeplerdir. Bizim gözümüzde, en makul onlardır. Genelde, mantığın sebepleri yerine hislerin sebeplerini tercih ederiz. Ayrıca, bu iki farklılığın birbirini destekledikleri unutulmamalıdır. *Suçlar ve Cezalar Hakkında, Kanunların Ruhu*'ndan esinlenerek kaleme alınmıştır. Montesquieu, Beccaria'nın öncüsüdür.

Sebep bizim için, his bizim için, tecrübe de bizim içindir. Ölüm cezasının kaldırıldığı örnek devletlerde, idam suçları oranı yıldan yıla kademeli bir düşüş izlemektedir. Bunu iyice düşünün.

Bununla birlikte şimdilik, Millet Meclisi'nin düşüncesizce dâhil olduğu gibi, ölüm cezasının aniden ve tamamen kaldırılmasını talep etmiyoruz. Bilakis, tüm girişimleri, tüm tedbirleri, tüm araştırmaların ihtiyatla yapılmasını arzu ediyoruz. Ayrıca, sadece ölüm cezasının kaldırılmasını istemiyoruz, her şekilde, baştan aşağıya, sürgüden satıra kadar bu ceza yöntemlerinin tamamen elden geçirilmesini istiyoruz ve bu değerlendirme sürecinin iyi bir şekilde yapılması için ihtiyaç duyulacak önemli unsurlardan biri ise zamandır. Bu konuda uygulanabilir olduğuna inandığımız fikirler sistemini başka yazılarda daha detaylı açıklamayı amaçlıyoruz. Fakat ölüm cezasının kısmi olarak kaldırılması durumunda, sahte para, yangın, nitelikli hırsızlık gibi idam davalarında, başkanın jüriye şu soruyu sormasını talep ediyoruz: "Sanık tutkuyla mı yoksa çıkarı için mi hareket etti?" Eğer jüri "Sanık tutkuyla hareket etti" diye cevap verirse ölüm cezası olmamalıdır. Bu en azından bazı çirkin infazların yerine getirilmesini engelleyebilir. O zaman Ulbach ve Debacker kurtarılır, Othello da giyotine götürülmezdi.

Hem zaten, kuşku duyulmayacak bir şey bu ölüm cezası meselesinin her geçen gün daha da olgunlaştığıdır. Çok geçmeden, tüm toplum bu konuya bizimki gibi bir bakış açısı kazanacaktır.

En inatçı kriminologlar buna dikkat ederlerse ölüm cezasının bir yüzyıl içinde azaldığını, bu yüzyılın neredeyse olaysız geçtiğini fark ederler. Bu durum zayıflık, güçsüzlük ve bir sonraki ölümün belirtisi... İşkence ortadan kayboldu. Artık ne çark işkencesi ne de darağacı var. Garip bir şey! Giyotinin kendisi bir ilerlemedir.

Bay Guillotin insan sever biriydi.

Evet, korkunç dişli Themis, açgözlü Farinace ve Vouglans, Delancre ve Isaac Loisel, D'Oppède ve Machault açıkça kayboldu. O, zayıfladı ve öldü.

İşte, Greve artık vadesini doldurdu, yeniden ıslah edildi. Eski kan içici, Temmuz ayında iyi iş çıkardı. Artık daha iyi bir hayat sürdürmek, son güzel eylemine layık kalmak niyetinde. Üç yüzyıl boyunca bedenini tüm idam sehpalarına açmak zorunda kalan Greve Meydanı, artık mahcubiyet içerisinde. Eski mesleğinden utanarak kötü namından kurtulmak istedi. Cellâdını terk etti ve kaldırım taşlarını pakladı.

Artık ölüm cezası Paris duvarlarının dışında kaldı. Bundan sonra, Paris'ten çıkmak medeniyeti de arkada bırakmak anlamına gelmektedir.

Tüm belirtiler bizim içindir. Tıpkı Galatea'nın Pygmalion'a[17] ait olduğu gibi, her ne kadar nefret edilse ve surat ekşitilse de bu iğrenç makine ya da ağaç ve demirden yontusu canavar Guillotin'a atfedilmektedir. Bir bakış açısına göre, yukarıda ayrıntılı olarak verdiğimiz korkunç infazlar benzersiz işaretlerdir. Giyotin tereddüt etmektedir, artık güvenilir değildir. Ölüm cezasının eski idam sehpası çökmektedir.

Rezil makine Fransa'yı sonsuza dek terk edecek ve eğer Tanrı izin verirse, topallayarak gidecek, çünkü onu sert darbelerle yıpratmaya çalışacağız.

---

[17] Ovidius'un *Dönüşümler*'inde anlatılan bu hikâye, olabilecek en mükemmel kadın heykelini yontan Pygmalion'un kendi eserine âşık olmasını ve tanrıça Afrodit'in bu aşkın saflığı karşısında cansız mermere hayat bahşetmesini konu edinir. (E.N.)

Bırakın, başka bir yerde, medenileşen Türkiye'den veya onu istemeyen vahşilerden değil de[18] onu isteyen barbar halklardan misafirperverlik görsün; medeniyet merdiveninden birkaç basamak inerek İspanya ya da Rusya'ya gitmesine izin verin.

Geçmişin sosyal yapısı, rahip, kral ve cellât olmak üzere üç unsura dayanıyordu. Uzun zaman önce bir ses şöyle dedi: "Tanrılar gidiyor!" Son zamanlarda başka bir ses yükseldi ve bağırdı: "Krallar gidiyor!" Şimdi üçüncü bir sesin yükselip şöyle deme zamanı: "Cellât gidiyor!"

Hem eski toplumun her bir parçası çözülecek hem de Tanrı'nın inayeti geçmişin yıkımını tamamlayacak. Tanrıların yitirilişine matem tutanlara denebilir ki: "Tanrı kalıcıdır." Kralları özleyenler için, şöyle diyebiliriz: "Vatan kalıcıdır." Ancak cellâdı özleyenlere söyleyecek hiçbir şeyimiz yok.

Eski düzenin cellâtla birlikte ortadan kaybolacağını zannetmeyin. Gelecekteki toplumun bekasını temsil eden kubbenin sağlamlığı bu rezil anahtar taşının yokluğuna bağlıdır. Medeniyet, birbiri ardına gelen bir dizi başarılı dönüşümden başka bir şey değildir. Bu takdirde, görülecek ne var? Ceza yönteminin değişimine, İsa'nın şefkatli yasası nihayet kanuna girip baştan başa yayılacak. Suç bir hastalık olarak görülecek ve bu hastalığın tedavisi için hâkimlerin yerini doktorlar, cezaevlerinin yerini hastanelerine alacak. Özgürlük ve sağlık birbirine benzeyecek. Demir ve ateş yerine merhem ve

[18] Tahiti Parlementosu idam cezasını yeni kaldırmıştı. (V.H.)

yağlar kullanacağız. Öfkeyle muamele edilen zayıflıklar, artık sevgi ile tedavi edilecek. Darağacının yerini haç alacak: son derece yüce gönüllü ve bir o kadar da basit...

15 Mart 1832

Bir Trajedi Hakkında Komedi[19]

Karakterler

Madame de Blinval
Şövalye
Ergaste
Hüzünlü Şair
Filozof
Şişman Adam
Zayıf Adam
Kadınlar
Uşak

[19] 1832 baskısının notu: *Bir İdam Mahkûmun Son Günü*'nün üçüncü baskısına eklenecek olan diyalogda okuyacağımız türden bir ön sözü burada yeniden basmanın doğru olduğunu düşündük. Bunu okurken, bu kitabın ilk baskılarının siyasi, ahlaki ve edebi zorluklar arasında yayımlandığı hatırlanmalıdır. (V.H.)

Bir salon

HÜZÜNLÜ ŞAİR

Okur.

....

....

Ertesi gün adımlar ormanı aştı,
Nehir boyunca gezinen bir köpek havladı;
Ve ne zaman bekâr gözyaşları içinde
Oturmaya geldiyse, telaş dolu bir kalp,
Eski şatonun antik kulesinde,
Dalgaların inlediğini duydu, hüzünlü Isaure,
Artık sazını işitmedi
Nazik ozanın!

TÜM DİNLEYİCİLER

Bravo! Harika! Muhteşem!

Ellerini çırptılar.

MADAME DE BLINVAL

Bu şiirin sonunda gözlerimizden yaşlar döken tarif edilemez bir gizem var.

HÜZÜNLÜ ŞAİR

Tevazu ile.

Felaket, üstü kapalı anlatılmış.

ŞÖVALYE

Başını sallayarak.

Saz, ozan ne romantik!

HÜZÜNLÜ ŞAİR

Evet mösyö, ama makul bir romantizm, gerçek romantizm. Ne istiyordunuz? Bazı tavizler verilmeli.

ŞÖVALYE

Tavizler! Tavizler! Zevklerimizi işte böyle kaybederiz. Sadece bu dörtlüğü tüm romantik mısralara yeğlerim:

Şerefli Bernard çağrıldı,
Pindus ve Kithira dolaylarından,
Yemeğe gelecek Cumartesi akşamdan
Zevk Sanatı'na Sevme Sanatı.

İşte, bu gerçek şiir! *Cumartesi Günü Hoşlanma Sanatında Akşam Yemeği Yiyen Aşk Sanatı!* İşte şiir! Lakin bugün konu *saz* ve *ozan* olmuş. Artık kısa *şiir* yazılmıyor. Şair olsaydım, *kısacık şiirler yazardım* ama ben şair değilim.

HÜZÜNLÜ ŞAİR

Ancak, hüzünlü şiirler...

ŞÖVALYE

Kısa şiir, mösyö.

Madame de Blinval'a alçak sesle.

Ve sonra, *châtel* Fransızca değil; *castel* denmeli.

BİRİSİ

Hüzünlü şaire.

Bir uyarı, mösyö. Siz antik kale diyorsunuz ancak neden gotik olmasın?

HÜZÜNLÜ ŞAİR

Şiir mısralarında gotik denilmez.

BİRİSİ

Ah! Bu farklı.

HÜZÜNLÜ ŞAİR

Devam eder.

Görüyorsunuz mösyö, kendimizi kısıtlamalıyız. Fransız mısralarını bozmak isteyen ve bizi Ronsard ve Brébeuf zamanına geri götürmek isteyenlerden biri değilim. Ben romantiğim ama ılımlıyım. Bu hislerle ilgili. Onların yumuşak, hayali, melankolik olmasını ama asla kanlı ve dehşetli olmasını istemiyorum. Bu yüzden felaketleri üstü örtülü anlatırım. Biliyorum ki insanlar, deliler, delice fanteziler var. İşte, bayanlar, yeni romanı okudunuz mu?

KADINLAR

Hangi roman?

HÜZÜNLÜ ŞAİR

Bir İdam Mahkûmu...

ŞİŞMAN ADAM

Yeter, mösyö! Neyi kastettiğinizi biliyorum. Sadece kitabın ismi bile sinirlerime dokunuyor.

MADAME DE BLINVAL

Benim de. Bu, korkunç bir kitap... Şu anda yanımda.

KADINLAR

Haydi, bize de gösterin.

Kitap elden ele geçirilir.

BİRİSİ

Okumaya başlar.

Bir İdam Mahkûmu...

ŞİŞMAN ADAM

Affedersiniz, madam!

MADAME DE BLINVAL

Gerçekten de iğrenç bir kitap, kâbus görmeme sebep oluyor, insanı hasta eden rezil bir kitap.

BİR KADIN

Alçak sesle.

Bunu okumak zorundayım.

ŞİŞMAN ADAM

Ahlakın günden güne bozulduğu kabul edilmelidir. Tanrım, korkunç bir fikir! Art arda ve birini bile atlamadan, tüm fiziksel ıstırapları, idam mahkûmunun infaz günü hissettiği tüm manevi işkenceleri işlemek, eşelemek, tahlil etmek! Berbat değil mi? Hanımlar, bu fikir için bir yazar ve bu yazar için bir okur kitlesinin var olduğunu anlayabiliyor musunuz?

ŞÖVALYE

İşte, gerçekten de son derece küstahça!

MADAME DE BLINVAL

Yazarı kim?

ŞİŞMAN ADAM

İlk baskıda ismi yoktu.

HÜZÜNLÜ ŞAİR

Başka iki roman daha yazmış olan bir yazar... Ancak kitapların isimlerini unuttum. Birincisi Morg'da başlayıp Greve'de bitiyor. Her bölümde bir çocuk yiyen bir dev var.

ŞİŞMAN ADAM

Bunu okudunuz mu mösyö?

HÜZÜNLÜ ŞAİR

Evet mösyö, hikâye İzlanda'da geçiyor.

ŞİŞMAN ADAM

İzlanda'da mı, bu korkunç!

HÜZÜNLÜ ŞAİR

Ayrıca mavi vücutlu canavarlar gibi şeylerin olduğu hikâyeler, balatlar yazdı.

ŞÖVALYE

Gülerek.

Vay canına! Bu mısralar öfke dolu olmalı.

HÜZÜNLÜ ŞAİR

Ayrıca bir dram yayımladı -buna dram diyoruz- içinde bu güzel dizeyi bulduk:

Yarın yirmi beş haziran bin altı yüz elli yedi.

BİRİSİ

Ah, bu mısra!

HÜZÜNLÜ ŞAİR

Dilerseniz rakamla da yazılabilir, bakın hanımlar:

Yarın, 25 Haziran 1657.

Güler.

Hepsi güler.

ŞÖVALYE

Bugünün şiirinin garip bir özelliği…

ŞİŞMAN ADAM

Ah demek öyle! Bu adam şiirden anlamıyor! İsmi neydi bu adamın?

HÜZÜNLÜ ŞAİR

Telaffuzunu hatırlaması zor bir ismi var. İçinde got, vizigot, ostrogot gibi kelimeler geçiyor.

Güler.

MADAME DE BLINVAL

O rezil bir adam.

ŞİŞMAN ADAM

İğrenç bir adam...

BİR KADIN

Onu tanıyan biri bana dedi ki...

ŞİŞMAN ADAM

Onu tanıyan birini mi tanıyorsunuz?

GENÇ KADIN

Evet, münzevi yaşayan ve günlerini çocukları ile oynayarak geçiren yumuşak huylu, basit bir adam olduğunu söylüyor.

ŞAİR

Ve geceleri karanlık eserler hayal ediyor. Ah ne tuhaf, bir anda zihnime bu dizeler düşüverdi:

Ve geceleri hayal edip durur karanlık eserler

İyi bir durak. Sadece başka bir kafiye daha bulmalı.

Ah, buldum! *Kederler.*

MADAME DE BLINVAL

Quidquid tentabat dicere, versus erat.[20]

ŞİŞMAN ADAM

Fakat söz konusu yazarın küçük çocukları olduğunu söylemiştiniz. Böyle bir eser ortaya koyabiliyorsa bu imkânsız madam! İğrenç bir roman!

---

[20] (Lat.) "Söylemeye çalıştığı her şey dize biçimindeydi" (Ovidius, Tristia IV.10). (E.N.)

BİRİSİ

Ama bu romanı ne amaçla yazdı?

HÜZÜNLÜ ŞAİR

Ben biliyor muyum acaba?

FİLOZOF

Öyle görünüyor ki ölüm cezasının kaldırılmasına katkıda bulunmak adına.

ŞİŞMAN ADAM

Bu korkunç, söylüyorum size!

ŞÖVALYE

Ah demek öyle! Yani, bu, cellât ile bir düello mu demek?

HÜZÜNLÜ ŞAİR

Giyotine karşı çok öfkeli.

ZAYIF ADAM

Bunu buradan görüyorum. Tumturaklı sözler.

ŞİŞMAN ADAM

Nokta. Bu metinde ölüm cezasından neredeyse iki sayfada bahsediliyor. Geri kalan ise duygulardan oluşuyor.

FİLOZOF

İşte, bu yanlış. Bu konuyu muhakeme etmek gerekli. Bir dram veyahut bir roman hiçbir şeyi kanıtlamaz. Dahası, kitabı okudum ve kötü buldum.

HÜZÜNLÜ ŞAİR

Tiksindirici! Bu sanat mı şimdi? Bu sınırları aşmak, öfkeyle camı çerçeveyi indirmek demek. Belki bu yazar hakkında bir şey bilseydim... Fakat bilmiyorum. Ne yaptı? Hiçbir şey bilmiyoruz. Belki de çok kötü rezil bir herif. Tanımadığımız birisiyle ilgilenmek zorunda değiliz.

ŞİŞMAN ADAM

Fiziksel ıstırabını okuyucusuna yaşatma hakkı yok. Her ne kadar umursamasam da trajedide insanların sürekli birbirlerini öldürdüğünü görüyorum. Ama bu roman, tüylerinizi diken diken edip kâbuslar görmenize sebep oluyor. Onu okuyabilmek için iki gün yatakta kaldım.

FİLOZOF

Aynı zamanda soğuk ve ihtiyatlı bir kitap olduğunu da söylemek mümkün

ŞAİR

Bir kitap! Bir kitap!

FİLOZOF

Evet. Ve az önce söylediğiniz gibi efendim, gerçek estetik bu değil. Saf bir varlığın soyutlamasıyla ilgilenmiyorum. Orada kendime yakın bir karakter görmüyorum. Ayrıca, tarzı ne basit ne de net. Son derece modası geçmiş bir tarza sahip. Dediğiniz buydu, değil mi?

ŞAİR

Şüphesiz, şüphesiz. Kişiliklere gerek yok.

FİLOZOF

Suçlu ilginç değil.

ŞAİR

Nasıl ilginç olacaktı? Bir suçu işlemiş ve pişmanlık duymuyor. Ben tam tersini yazardım. Mahkûm karakterimin öyküsünü anlatırdım. Dürüst ebeveynlerden doğmuş. İyi eğitimli. Aşk dolu. Kıskanç. Çok yönlü bir suçlu. Ayrıca pişmanlık, pişmanlık, çok pişmanlık... Ancak insan kanunları acımasızdır, mahkûmun ölmesi gerek. Ve romanda ölüm cezasıyla ilgili sorumu işlerdim. Ha şöyle!

MADAME DE BLINVAL

Ah ! Ah!

FİLOZOF

Affedersiniz. Mösyönün bahsettiği türden bir kitap hiçbir şey ortaya koymazdı. Tekil örnekler genel hakkında fikir veremez.

ŞAİR

Peki! O hâlde, kahraman olarak neden Malesherbes, erdemli Malesherbes, gibi birini seçmeyelim? Sonra da niçin onun idamdan önceki son gününü anlatmayalım? Ah, ne harika bir tasvir olurdu! Ağlardım, dehşete kapılırdım, hatta idam sehpasına onunla beraber çıkmak isterdim.

FİLOZOF

Ben istemezdim.

ŞÖVALYE

Ben de. Aslında, esasında sizin M. Malesherbes'iniz de devrimciydi.

FİLOZOF

Malesherbes'in idam edilmesi, hiçbir anlamda ölüm cezasına karşıtlık oluşturmaz.

ŞİŞMAN ADAM

Ölüm cezası! Bu konuda konuşmak neye yarar? Ölüm cezasının sana ne zararı var? Bu yazar gelip bize kitabıyla kâbus gördürdüğüme göre doğuştan kötü biri olmalı!

MADAME DE BLINVAL

Ah! Evet, çok kötü kalpli!

ŞİŞMAN ADAM

Bizi cezaevlerine, zindanlara ve Bicetre'e bakmaya zorluyor. Bu hiç de hoş değil. Onların ne kadar çirkef olduklarını biliyoruz fakat bunun toplum için ne önemi var?

MADAME DE BLINVAL

Kanunları yapanlar çocuk değillerdi.

FİLOZOF

Ah! Yine de! Konuyu bu kadar gerçekçi biçimde ortaya koymak...

ZAYIF ADAM

Eh! Eksik olan tek şey, gerçek. Bir şairin böyle konular hakkında ne bilmesini beklersiniz? Gerçekten bir şeyler biliyor olması için azından kralın avukatı olmalı. Mesela ben bu kitaptan alıntı yapan bir gazetede, mahkûmun ölüm cezası ilan edildiğinde bunu tepkisiz bir şekilde karşıladığını okudum ama ben gerçekte bu durum karşısında bağırarak ağlayan bir mahkûm gördüm.

FİLOZOF

İzin verin...

ZAYIF ADAM

İşte baylar, giyotin, Greve, insanda oldukça kötü bir tat bırakıyor. Neden dersiniz? Bunun sebebi, bu kötü kitabın okuyucuya saf, basit ve içten duygular yaşama imkânı tanımayışıdır. Düzgün edebiyatın savunucuları ne zaman ayağa kalkacak? İddialarıma belki de hak vereceklerdir, Fransız Akademisi üyesi olmak isterdim... - İşte Bay Ergaste, kendisi onlardan biri. O *Bir İdam Mahkûmunun Son Günü* hakkında ne düşünüyor?

ERGASTE

İnanın, mösyö, o kitabı ne okudum ne de okuyacağım. Dün Madam de Senange'ın evinde yemek yedim ve Markiz Morival, Dük Melcour'a bu konudan bahsettim. Yargıya ve özellikle Alimont başkanına muhalif karakterler olduğu söyleniyor. Floricour'un rahibi de öfke doluydu. Dine karşı bir bölüm ve monarşiye karşı bir bölüm var gibi görünüyor. Eğer kralın savcısı olsaydım...

ŞÖVALYE

Ah evet, Kralın Savcısı! Anayasa! Ve basın özgürlüğü! Bir de bunun yanında, ölüm cezasını kaldırmak isteyen bir şairin ne kadar çekilmez olduğunu siz de kabul edersiniz. Ah! Ah! Eski rejimde, birinin işkenceye karşı çıkan bir roman yayımlanmasına izin verilecekti ha! Ama Bastille'den sonra her şey yazılabiliyor. Kitaplar korkunç bir biçimde acı veriyor.

ŞİŞMAN ADAM

İğrenç. Huzurluyduk, hiçbir şey düşünmüyorduk. Zaman zaman, en fazla haftada iki kez, orada burada bir kelle kesiliyordu. Tüm bunlar gürültüsüz, skandal olmadan vuku buluyordu. Hiçbir şey açıklamıyorlardı. Kimse bunu düşünmüyordu. Hem de hiç, şimdi bir kitap ortaya çıktı. Korkunç derecede başımızı ağrıtan bir kitap!

ZAYIF ADAM

Bir jüri okusa onu idama mahkûm edeceği türden!

ERGASTE

Vicdanları rahatsız ediyor.

MADAME DE BLINVAL

Ah! Kitaplar! Kitaplar! Bunun bir roman olduğunu kim söyledi?

ŞAİR

Pek çok kitabın toplumsal düzeni yıkıcı bir zehri olduğu kesindir.

ZAYIF ADAM

Romantiklerin kasıp kavurduğu dil konusundan bahsetmiyorum bile.

ŞAİR

Ayırt edelim mösyö; romantik var, romantik var.

ZAYIF ADAM

Zevksizlik, zevksizliktir.

ERGASTE

Haklısınız. Zevksizlik.

ZAYIF ADAM

Buna verilecek hiçbir karşılık yok.

FİLOZOF

Bir kadının koltuğuna yaslanarak.

Rue Mouffetard'da bile duyamayacağınız şeyleri yazıyorlar.

ERGASTE

Ah! İğrenç kitap!

MADAME DE BLINVAL

Lütfen o kitabı yakmayın. Onu başkasından ödünç aldım.

ŞÖVALYE

Bizim dönemimizden bahsedin biraz. O zamandan bu yana hem zevkler hem değerler, her şey tepetaklak oldu. Bizim zamanımızda nasıldı Madam de Blinval, hatırlıyor musunuz?

MADAM DE BLINVAL

Hayır, mösyö hatırlamıyorum.

ŞÖVALYE

Biz en nazik, en neşeli, en zeki nesildik. Her zaman güzel şenlikler, güzel mısralar vardı. Büyüleyiciydi. Damiens'in[21] infaz yılı olan 1700 yılında, Madam Marechale de Mailly'nin büyük balosunda, Mösyö de La Harpe'in okuduğu madrigalden daha soylu bir şey gördünüz mü?

ŞİŞMAN ADAM

İç çekerek.

[21] Bizzat Louix XV'e suikast girişiminin faili. (V.H.)

Ne mutlu zamanlar! Şimdi ise ahlak berbat, kitaplar da öyle. Bu da Boileau'nun tam da bundan bahsettiği güzel mısrası:

Sanatın yıkılışı ahlaki çöküşten sonra gelir.

FİLOZOF

Kısık sesle şaire.

Bu evde akşam yemeği yenecek mi?

HÜZÜNLÜ ŞAİR

Evet, az sonra.

ZAYIF ADAM

Şimdi ölüm cezası kaldırılmak isteniyor ve bunun için de *Bir İdam Mahkûmunun Son Günü* gibi zalim, ahlaksız ve zevksiz romanlar yazılıyor. Sırada ne var?

ŞİŞMAN ADAM

İşte, sevgili dostum, artık bu iğrenç kitaptan bahsetmeyelim ve seninle karşılaştığıma göre, söyle bana, üç hafta önce temyizini reddettiğimiz o adama ne oldu?

ZAYIF ADAM

Ah! Biraz sabır! Ben şu an tatildeyim. Bırakın da biraz nefes alayım. Döndüğümde ilgileneceğim. Olur da çok gecikirse, bir başkasına ilgilenmesini yazacağım.

UŞAK

İçeri girer.

Madam, servise hazırız.

Bir İdam Mahkûmunun Son Günü

I

Bicêtre.

İdam mahkûmu!

Bu düşünceyle yaşamaya başlayalı beş hafta geçti, hâlâ bu fikirle baş başayım; varlığıyla donakalmış bir şekilde ağırlığı altında eziliyorum.

Bir zamanlar -böyle uzak bir zaman gibi bahsediyorum çünkü burada haftalar yıllar gibi geçiyor- ben de başkaları gibi herhangi bir adamdım. Her gün, her saat, her dakika kendine has bir manaya sahipti. Zihnim körpe, üretken ve tatlı hayallerle doluydu; gelişigüzel düşler bitmek bilmeyen bir ardıllıkla zihnime hücum eder, hayatın o kaba ve ince kumaşının sonsuz nakışlarını işleyerek gözümün önüne sermekten zevk alırdı. Genç kadınlar, muhteşem piskopos pelerinleri, kazanılmış muharebeler, gürültülü ve ışık dolu tiyatro oyunları ve sonra yine geceleri kestane ağaçlarının dalları altında karanlıkta yürüdüğüm genç kadınlar... Bunlar hayalimde her zaman bir şenlikti. İstediğim her şeyi düşünebilirdim, özgürdüm.

Şimdi ise mahkûmum. Vücudum bir zindanda zincirli, ruhum ise bir düşünceye hapsolmuş, korkunç, kanlı ve acımasız bir düşünceye! Artık sadece bir düşüncem, bir kanaatim, kesin bir gerçekliğim vardı: Ben bir idam mahkûmuyum!

Ne yaparsam yapayım, bu lanet düşünce, zihnimdeki her meşguliyeti savuşturan yanıma konuşlanmış kurşuni bir hayalet gibi, sefaletimi yüzüme vuruyor, gözlerimi kapatmak veya başımı çevirmek istediğimde beni soğuk pençeleriyle kavrıyordu. Ruhumun kaçmak istediği her köşeye süzülüyor, bana hitap edilen tüm sözlere korkunç bir nakarat gibi karışıyor, zindanın iğrenç parmaklıklarına benimle beraber yapışıyordu; huzursuz uykumu gözetliyor, uyanıkken aklımdan çıkmıyor ve bıçak şeklinde rüyalarıma saplanıyordu.

İrkilerek, bu düşünceyle uyandım ve kendi kendime "Ah! Bu sadece bir rüya! Pekâlâ!" diye telkinde bulundum. Ağırlaşmış gözlerim beni çevreleyen korkunç gerçeklikte yazılı bu ölümcül düşünceyi, yarı açık vaziyette, hücremin ıslak ve terli döşeme taşları üzerinde, gece lambamın soluk ışıklarında, elbiselerimin dokusunun kaba dokularında, zindan parmaklıklarının içerisinden tüfeği ışıldayan gardiyan askerin karanlık şeklinde görmeye zaman bulmadan önce, bir ses kulağıma çoktan mırıldanıyor gibi geliyordu: "İdam mahkûmu!"

II

Güzel bir Ağustos sabahıydı.

Üç gündür davam görülüyordu, ismimin ve suçumun her sabah mahkeme salonu sıralarına bir leş üstüne üşüşen kargalar gibi bir izleyici sürüsü topladığı, yargıç, şahit, avukat, kraliyet savcılarının, kâh biçimsiz kâh haşin ama hep karanlık ve ölümcül bir fantazmagorisinin[22] önümden geçtiği o üç gün... İlk iki gece, endişe ve dehşet içinde, uyuyamadım; fakat üçüncüsünde sıkıntıdan ve yorgunluktan uyuyakaldım. Gece yarısı, ben oradan ayrılırken jüri tartışıyordu. Beni hücremdeki hasıra götürdüler ve hemen oracıkta derin bir uykuya daldım, unutulmuş bir uykuya. Uzun zamandır dinlenebildiğim ilk saatlerdi.

Beni uyandırmaya geldiklerinde, uykunun en derin yerindeydim. Bu kez, gardiyanın ağır adımları ve demir topukları, anahtar demetinin şıkırtısı, sürgünün boğuk gıcırdaması yetmedi; kaba sesi kulağımda ve sert eli kolumda ağır uykumdan beni çekip çıkarmaları gerekti: "Haydi kalkın!" Gözlerimi açtım, şaşkın biçimde doğruldum. O anda, hücremin dar ve yüksek penceresinden, yan koridorun tavanını gördüm; aralıktan seçebildiğim, bana verilen tek gökyüzünde cezaevinin karanlıklarına alışmış gözlerimin yanlışa mahal vermeksizin güneş olduğunu anladığı sarı yansıma... Güneşi severim.

Gardiyana: "Hava güzel." dedim.

Bir an bir kelime sarf etme zahmetine değer olduğunu düşünmeden bana cevap vermeden durdu; sonra biraz çabayla ansızın mırıldandı: "Mümkündür."

Kımıldamadan kaldım, aklım yarı uykulu, dudaklarımda belirsiz bir gülümseme ile gözlerimi tavanı süsleyen bu tatlı yansıma üzerine dikmiştim.

[22] Aldatıcı görüntüler, göz yanılsaması. (Ç.N.)

"İşte, güzel bir gün." diye tekrar ettim.

"Evet" diye cevap verdi bana "sizi bekliyorlar".

Bu birkaç kelime, örümcek ağının tüm hızıyla uçan bir böceği durdurduğu gibi, beni şiddetle gerçeğin ortasına geri attı; karanlık mahkeme salonu, kanlı paçavrayla dolu yargıçların demir atı, aptal yüzlü üç sıra şahit, sıramın iki ucunda iki jandarma ve siyah kıyafetlerin sallandığı ve gölgedeki kalabalığı dolduran kafaları ve ben uyuduğum esnada uyanık kalmış on iki jüri üyesinin üzerimdeki sabit bakışları şimşek hızıyla zihnime düştü.

Ayağa kalktım; dişlerim birbirine çarpıyordu, ellerim titriyordu ve onları nereye koyacağımı bilmiyordum, bacaklarımda takat kalmamıştı. Attığım ilk adımda, aşırı yük taşıyan bir hamal gibi sendeledim. Ardından gardiyanın peşine düştüm.

İki jandarma beni hücrenin eşiğinde bekliyorlardı. Bileklerime kelepçe taktılar. Kelepçede küçük bir kilit vardı ve özenle kilitlediler. Kendimi onların eline bırakmıştım: bu, büyük çarktaki küçük bir dişliden ibaretti.

Bir iç avluyu geçtik. Sabahın taze havası beni canlandırdı. Başımı yukarı kaldırdım. Gökyüzü maviydi ve uzun bacaların önünü kestiği sıcak güneş ışıkları, cezaevinin yüksek ve karanlık duvarlarının tepesinde büyük ışık açıları çiziyorlardı. Hava gerçekten de güzeldi.

Sarmal bir merdivenden çıktık, bir koridoru geçtik, sonra başka bir koridoru, daha sonra da üçüncü bir koridor; en sonunda ise alçak bir kapı açıldı. Gürültüyle karışık, sıcak bir hava yüzüme çarptı; bu, mahkeme salonundaki kalabalığın nefesiydi. İçeri girdim.

İçeri girdiğimde silah ve insan sesleriyle dolu bir gürültü oluştu. Sıralar gürültüyle yer değiştirdi. İnce duvarlar çatırdadı, o esnada askerlerden oluşan iki etten duvar arasındaki uzun salonun içinden geçerken, tüm bu bana uzanan boş yüzleri ve bükük boyunları birleştiren bir düğüm gibi hissediyordum.

O anda kelepçesiz olduğumu fark ettim ama onları ne zaman çıkardıklarını hatırlamıyordum.

O sırada büyük bir sessizlik oldu. Yerime ulaşmıştım. Kalabalığın uğultusu bittiği an, düşüncelerimdeki uğultu da bitti. Birdenbire, o zamana dek, hayal meyal sezdiğim karar anının geldiğini ve cezamı duymak için orada bulunduğumu fark ettim.

Bunu kim açıklayabilirdi bilmiyorum ama bu fikir aklıma geldiğinde dehşete kapılmıyordum. Pencereler açıktı; şehrin havası ve gürültüsü dışarıdan içeriye özgürce ulaşıyordu; salon düğündeymişiz gibi aydınlıktı, güneşin şen ışıkları pencerelerin ışıklı figürünü oraya buraya, kâh döşeme üzerine kâh masalara kâh duvar köşelerine yansıtıyordu ve camda parıldayan şekillerinden süzülen her ışık huzmesi havada puslu bir altın prizma çiziyordu.

Salonun sonundaki savcılar, muhtemelen davanın kısa süre sonra bitecek olmasından dolayı memnun görünüyorlardı. Mahkeme başkanının, camdan gelen yansıyan ışınla aydınlanan yüzünde sakin ve nazik bir hava vardı; genç bir savcı yardımcısı, neşeli sayılabilecek bir tavırla, cübbesinin yakasıyla oynayarak, onun arkasına özel bir yere oturmuş pembe şapkalı güzel bir kadınla çene çalıyordu.

Sadece jüri üyeleri solgun ve bitkin görünüyorlardı ama büyük ihtimalle bütün gece uyanık kalmanın verdiği yorgunluktandı. Bazıları esniyordu. Tavırlarındaki hiçbir şey idam cezasına vardıklarını işaret etmiyordu ve bu iyi burjuvaların duruşlarından uyumayı çok istediklerini hissedebiliyordum.

Karşımda büyük bir pencere açıktı. İskele üzerinde çiçek satıcılarının gülüşmelerini duyuyordum ve pencerenin dibinde, bir güneş ışığıyla içeri sızan küçük sarı bir bitki, bir taş yarığının içinde, rüzgârda dans ediyordu.

Bu uğursuz fikir, böylesine zarif hisler arasında nasıl filizlenebilirdi? Hava ve güneş etrafımı sararken, özgürlük dışında bir şeyi tahayyül etmek imkânsızdı; beni çevreleyen gün ışığı gibi, içim umutla dolmuştu ve güvenle beraatı ve hayatı bekler gibi, cezamın açıklanmasını bekliyordum.

Bu arada avukatım geldi. Onu bekliyorduk. Belli ki öğle yemeğini bolca ve iştahla yiyip gelmişti. Yerine geçtiğinde, bir tebessümle bana doğru eğildi ve "Umutluyum" dedi.

Ben de hafifçe gülümseyerek "Öyle mi?" diye cevap verdim.

"Evet" diye cevap verdi hemen; "Ne açıklayacakları hakkında henüz hiçbir şey bilmiyorum ama şüphesiz kasten cinayeti elemişlerdir ve böylece sadece müebbet zorunlu çalıştırılma kararı çıkacaktır."

"Neler diyorsunuz mösyö" diyerek öfkeyle karşılık verdim "Bu yüz kez ölmeye bedel!"

"Evet, ölüm!". Öte yandan içimden bir ses, bunu söylemekle nasıl bir riske girdiğimi hatırlatıp duruyordu. Genelde idam cezasını gece yarısı, karanlık ve kapkara bir salonda, meşalelerin ışığında ve yağmurlu soğuk bir kış gecesinin bir anında telaffuz etmezler miydi? Ama ağustos ayında, saat sabahın sekizinde, bu kadar güzel bir günde, bu nazik jüri üyeleri, imkânsız! Ve gözümü güneşteki güzel sarı çiçeğe dikmeye devam ettim.

Avukatı beklemekten başka bir şey yapmayan mahkeme başkanı, aniden ağaya kalkmamı istedi. Askerlerin silahları vardı; şaşırtıcı bir hareketle, tüm kalabalık aynı anda ayağa kalktı. Önemsiz ve anlamsız bir siluet mahkemenin altındaki masaya yerleştirilmişti, bu, sanırım, zabıt kâtibiydi, söz aldı ve jüri üyelerinin benim yokluğumda telaffuz ettikleri kararı okudu. Tüm vücudumu soğuk ter bastı; düşmemek için duvara yaslandım. Mahkeme başkanı:

"Avukat bey, cezanın uygulanması hakkında söylemek istediğiniz bir şey var mı?" diye sordu.

Muhakkak ki benim söyleyecek bir şeylerim olmalıydı ama sıra bana gelmedi. Dilim damağıma yapıştı.

Savunma avukatı ayağa kalktı.

Jürinin kararını yumuşatmaya ve cezayı, jürinin telaffuz ettiği karar yerine, aşağıya, az önce açıklanmasını umarak beni üzdüğü cezaya çekmeye çalıştığını anladım.

Öfkem çok güçlü olmalıydı, zihnimde çarpışan bin çeşit duygunun arasında açığa çıkıyordu. Ona daha önce söylemiş olduğum şeyi yüksek sesle tekrarlamak istedim: "Yüz kez ölüme bedel!" Ama nefesim kesildi ve onu sertçe kolundan tutmaktan başka bir şey yapamadım ve avazım çıktığı kadar bağırdım: "Hayır!"

Başsavcı avukata karşı çıkıyordu, ben ise onu ahmakça bir memnuniyetle dinliyordum. Yargıçlar dışarı çıktı, daha sonra geri döndüler ve mahkeme başkanı bana cezamı okudu. Kalabalık:

"İdam cezası!" diye bağırdı ve tüm bu insanlar, beni götürürlerken, yıkılan bir binanın çatırtısını andıran bir hızla adımlarımı takip etti. Ben ise baygın ve sersem bir biçimde yürüyordum. İçimde büyük bir değişim meydana geldi. İdam kararına kadar, nefes aldığımı, kalbimin çarptığını, diğer insanlarla aynı seviyede yaşadığımı hissediyordum; şimdi ise dünyayla aramda sert bir duvar vardı. Artık, hiçbir şey bana eskisi gibi görünmüyordu. O kocaman aydınlık pencereler, o güzel güneş, temiz gökyüzü, o güzel çiçek, hepsi, bir kefen gibi beyaz ve soluk bir renkteydi. Ben geçerken yanıma yanaşan adamlar, kadınlar, çocuklar birer hayalet görünüyordu.

Merdivenin dibinde, demir parmaklıklı siyah ve kirli bir araba beni bekliyordu. Tam bineceğim anda, aylakça meydana baktım. Yoldan geçenler arabaya doğru koşarak: "İdam mahkûmu!" diye bağırıyorlardı. Dış dünya ve benim arama sızan duman içerisinden, aç gözlerle beni takip eden iki genç kız bana doğru koştu.

Daha genç olan, ellerini çırparak: "Tamam! Altı hafta sonra bu da hallolacak!"

III

İdam mahkûmu!

Elbette, neden olmasın? "İnsanlar" -hangi kitabın neresinde okumuş olduğumu hatırlamıyorum, içerisinde iyi bir cümle yazılıydı- "tüm insanlar belirsiz süreyle idama mahkûmdur." Peki, bu, benim durumumu değiştirmeye yarar mıydı?

Cezamın bana okunduğu saatten beri, uzun bir ömür yaşamaya hazırlanan kaç kişi hayatını kaybetmişti? O gün Greve meydanında kellemin düştüğünü görmeyi planlayan kaç özgür ve sağlıklı genç beni geride bırakıp ölecekti? Buradan, açık havada yürüyüp derin nefes alan, kendi keyiflerine göre girip çıkan daha kaç kişi benden önce bu dünyadan göçecekti?

Ayrıca, benim için hayatta bu kadar özlem duyulacak ne vardı? Aslında, zindanın karanlık günü ve kara ekmeği, mahkûmlar için tahta kâsede sulu et çorbası, hakir görülmek, ben gibi eğitimli ve kültürlü bir insanın gardiyanlar tarafından şiddet görmesi, etrafımda birkaç söz sarf etmeye dahi değdiğimi düşünen herhangi bir insanoğlu olmaması ve bir söz ettiğimde, bana yapılan ve yapılacak olanlardan dolayı durmaksızın heyecandan titremek: işte, cellâdın benden çekip alabileceği yegâne iyilikler bunlar.

Ah, ne önemi var, yine de korkunç bu!

IV

Siyah araba beni buraya nakletti, bu Bicêtre denen iğrenç yere.

Uzaktan bakıldığında, bu bina oldukça görkemliydi. Ufukta, bir tepenin yamacında alabildiğine uzanıyor ve uzaklarda antik ihtişamının kalıntılarını sergiliyor. Ama ona yaklaştıkça, saray viraneye dönüşüyor. Çatının harap kısımları gözü rahatsız ediyor. Bu kraliyet cephelerini ne gibi bir utanç ve fakirlik kirletti bilmiyorum; öyle ki duvarların cüzzama yakalandığı bile söylenebilirdi. Artık ne cam ne çerçeve kalmıştı ama pencere aralarında, ardında mahkûmların veya delilerin solgun yüzlerini saklayan büyük demir parmaklıklar vardı.

Hayatın yakından görüntüsü işte böyle.

V

Henüz varmıştık ki demirden eller beni yakaladı. Tedbirleri artırmışlardı: artık yemeklerimde çatal bıçak yoktu, bir tür keten bezden yapılmış deli gömleği kollarımı tutsak etmişti; hayatımı güvenceye alıyorlardı. Temyize başvurmuştum. Bu zahmetli iş altı yedi hafta sürebilirdi ve Greve Meydanı'na kadar beni sağ tutmaları önemliydi.

İlk günler, korkunç olduğunu düşündüğüm sıcak bir tavır takındılar. Bir gardiyanın ilgisi idam sehpasını andırır. Neyse ki bu birkaç günün sonunda alışkanlıkları ağır bastı ve aynı sertliğe dönerek beni diğer mahkûmlarla bir tutmaya başladılar ve beni cellâdı anımsatan alışılmamış nezaketleriyle kayırmaktan vazgeçtiler. Değişen tek şey bu değildi. Gençliğim, uysallığım, hapishane rahibinin ilgisi ve özellikle kapıcıya ettiğim ve hiç anlamadığı birkaç Latince kelime bana diğer mahkûmlarla haftada bir açık havada gezme şansı verdi ve beni felç eden deli gömleğini çıkarmamı sağladı. Biraz tereddütten sonra bana mürekkep, kâğıt, tüy kalem ve gece lambası bile verdiler.

Her Pazar, ayinden sonra, atölye saatinde avluya çıkmama izin veriyorlardı. Orada diğer tutukluklarla görüşüyordum. Bu kaçınılmazdı. O sefiller iyi insanlardı, bana kendi "hünerlerini" anlatıyorlardı, amaçları dehşete düşürmekti ama bununla övündüklerini anlayabiliyordum. Bana argo konuşmayı öğretiyorlardı, onların tabiriyle "sokak dili"; bu, nahoş bir tümörü veyahut bir siğili andıran, günlük deyişlerle iç içe geçmiş yepyeni bir dildi. Bazen son derece çarpıcı ve dehşet verici bir canlılığa sahip bir güce sahipti, örneğin *yolda pekmez var* (yolda kan var) ifadesindeki gibi; bazen de *dul kadınla evlenmek* (idam edilmek) gibi darağacının ipini tüm asılmış mahkûmların ardında bıraktığı karısı olarak ifade eden deyişlere sahipti. Bir hırsızın başının iki ismi vardı: suçu düşünüp tartarak işlerse, *Sorbonlu*; cellât tarafından öldürülürse *kelle*. Bazen de vodvil ruhu: *Sorgun ağacından bir kaşmir* (çaputçu küfesi), *yalancı kadın* (dil) ve bunların dışında da nereden geldiği belli olmayan, durmaksızın tekrarlanan, esrarlı, çirkin ve sefil kelimeler vardı: *kasap* (cellat), *huni* (ölüm), *duvar ilanı* (idam meydanı). Karakurbağası ve örümcek gibiydiler. Bu dilin konuşulduğunu duyduğumda, pis ve tozlu bir şeyin etkisini, sanki bir yığın eski kumaş parçasını yüzüme doğru çırpıyorlarmış gibi hissettim.

En azından, bu adamlar, sadece onlar, bana acıyordu. Gardiyanlar, kapıcılar, anahtarcılar -onlara kızmıyordum- benden bahsedip gülüyorlardı ve sanki bir eşyaymışım gibi benim yanımda beni çekiştiriyorlardı.

VI

Kendi kendime dedim ki: "Yazı yazacak malzemem varken niye yazmayayım?" Ama ne yazacaktım? Çıplak ve soğuk dört taş duvar arasında, adımlarım tutsak, gözlerim ufuksuz, kapımın gözetleme deliğinin karanlık duvar üzerine yansıttığı aydınlık karenin yavaş hareketini takip ederken bütün gün zihnimin tek bir oyalayıcısı mevcut ve az önce dediğim gibi düşünebildiğim tek bir fikir var: suç ve ceza, cinayet ve ölüm! Bu dünyada yapacak hiçbir şeyi kalmamış biri olarak söyleyecek bir şeyim olabilir miydi? Ve bu bozuk ve boş beyinde yazma zahmetine değer ne bulabilirdim?

Neden olmasın? Etrafımdaki her şey monoton ve renksizse bile, içimde bir fırtına, bir mücadele, bir trajedi yok mu? Bana sahip olan bu sabit fikir, bana her saat, her an, yeni bir biçimde, tarih yaklaştıkça daha iğrenç ve daha kanlı bir şey sunmuyor mu? Neden bulunduğum terk edilmiş durumda şiddetli ve yabancı hissettiğim her şeyi kendi kendime anlatmayı denemeyeyim? Kesinlikle, bu konu çok engin ve her ne kadar ömrüm giderek azalıyor olsa da hayatımın geri kalanında, şimdiden son ana dek, bu tüy kalemi kullanarak bu mürekkep hokkasını kurutmaya yetecek kadar, hatta fazlasıyla, keder, dehşet ve işkence olacaktı. Ayrıca, bu kederler yüzünden daha az acı çekmenin ve dikkatimi dağıtmanın tek yolu, onları gözlemlemek ve yazmaktı.

Belki de yazdıklarım faydasız olmayacak. Eğer saat saat, dakika dakika, işkence işkence, fiziksel olarak devam etme imkânım ortadan kalkıncaya dek yazmayı sürdürme gücüm olursa, ıstırabımın günlüğü, tamamlanamamış ama mümkün olan son ana kadar duygularımla bezenmiş bu hikâye, büyük ve derin bir öğreti taşımayacak mı? Keder veren bu düşüncenin notlarında, acıların sürekli artarak ilerlemesinde, mahkûm edilmiş bir adamın entelektüel otopsisinde, mahkûm edenler için birden fazla ders olmayacak mı? Belki de bu okuma, düşünen bir aklı, bir insan aklını adalet terazisi olarak adlandırdıkları şeyde tartmaları söz konusu olduğunda onları daha insaflı kılacaktır. Belki de bu sefiller, ölüm cezasının hızlı hükmünün insana yaşattığı yavaş ve kademeli işkence silsilesini hiç düşünmemişlerdir. Ortadan kaldırdıkları adamda bir zekâ, hayata güvenen bir akıl ve ölüme asla hazır olmayan bir ruh olduğu gibi dokunaklı bir fikirde hiç durmamış olabilirler mi? Hayır. Bütün bunlar arasında yalnızca üçgen bir bıçağın dikey düşüşünü görüyorlar ve şüphesiz mahkûm için o andan ne önce ne de daha sonra, hiçbir şeyin var olmadığını düşünüyorlar.

Bu sayfalar onları bu yanlıştan kurtaracaktır. Belki bir gün, bu satırlar yayımlanacak olursa insanlar bu bahsedilen zihinsel acılar üzerine derin düşünme eğilimi gösterecektir zira onların farkında olmadıkları tam da çekilen bu zihinsel acı gerçeğidir. Vücuda acı çektirmeden öldürebilmekte neredeyse başarılı oldular. Ah! Söz konusu tek şey buymuşçasına! Ruhsal acının yanında fiziksel acı nedir ki? Korku ve merhamet, yasalar böyle yapılmış! Bir gün gelecek ve belki de bu hatıralar, bir sefilin son sırdaşları, onlara birazcık da olsa katkıda bulunmuş olacak...

Tabii, ölümümden sonra, rüzgâr çamura bulanmış pis kâğıt parçalarını avluya savurmazlarsa ya da bir kapıcının kırık camını onarmak üzere yapıştırılan notlar zamanla yağmur sularının sürekliliğine dayanamayıp çürümezse.

VII

Buraya yazdıklarım bir gün başkalarına faydalı olabilir; yargılamaya hazır olan yargıcı durdurabilir, talihsiz, masum veya suçluları, benim mahkûm olduğum kederden kurtarabilir. Ne işe yarar? Ne önemi var? Kellem kesilmiş olduğunda, başkalarınınkilerin kesilmesi niye umurumda olsun? Gerçekten bu çılgınlıkları düşünüyor olabilir miyim? Ben çıktıktan sonra ardımdan idam sehpasını aşağı atmak! Size, bundan bana ne gibi bir fayda geleceğini soruyorum.

İşte! Güneş, bahar, çiçek dolu tarlalar, sabah uyanan kuşlar, bulutlar, ağaçlar, doğa, özgürlük, hayat; hiçbiri artık benim değil!

Ah! Kurtarılması gereken benim! Bunun imkânsızlığı gerçek mi; yarın, hatta belki de bugün böylece ölmem mi gerekecek? Aman Tanrım! İnsanı kafasını zindan duvarlarına vura vura kırmaya sevk edecek korkunç bir fikir bu!

VIII

Elimde kalanları sayalım:

Yargılamada açıklanan kararın ardından temyiz başvurusu için üç gün mühlet…

Ağır Ceza Mahkemesi savcılığında sekiz gün bekletilme, sonrasında, onların deyişiyle, "belgeler"in bakana gönderilmesi.

Var olduklarını bile kimsenin fark etmediği, orada öylece durup duran belgelerin, onları Yargıtay'a iletmesi gereken bakanın ofisinde on beş gün bekletilmesi...

Orada, sınıflandırma, numaralandırma, kayıt; zira giyotin çok yoğun ve herkes sıraya girmek zorunda.

Bu sırada kimsenin önünüze geçerek hakkınızı yemediğinden emin olmak adına on beş gün daha...

Sonunda, mahkeme genellikle bir perşembe günü toplanır, yirmi itirazı topluca reddeder ve hepsini bakana iade eder, o da başsavcıya geri gönderir, başsavcı da cellâda. Üç gün.

Dördüncü günün sabahında, başsavcı vekili kravatını takarken şunları söyler: "Artık bu davanın sona ermesi gerekir." Eğer kâtip vekilinin arkadaşlarıyla önceden planlanmış bir öğle yemeği randevusu yoksa infaz emri notları alınır, düzenlenir, sevk edilir ve gönderilir; ertesi gün Greve Meydanı'nda bir çerçeve çivilenmeye, sokak çığırtkanları da boğuk sesleriyle meydanlardaki insan kalabalıklarını oluşturmaya başlar.

Bunların hepsi bu altı haftada olur. Küçük kız haklıydı.

Bicêtre hücremde yaşamaya başlayalı en az beş, hatta belki de altı hafta geçti, saymaya cesaret edemiyorum, sanırım üç gün önce Perşembe'ydi.

IX

Az önce vasiyetimi hazırladım.

Ne işe yarayacak? Masrafları ödemeye mahkûm ediliyorum ve ancak sadece bunları karşılayabileceğim. Bu giyotin çok pahalı.

Arkamda bir anne, bir eş ve bir çocuk bırakıyorum.

Üç yaşında, tatlı, pembe, kırılgan küçük bir kız, büyük siyah gözlü ve uzun kahverengi saçlı...

Onu son kez gördüğümde iki yıl bir aylıktı.

Böylece, ölümümden sonra, üç kadın, oğulsuz, kocasız, babasız kalacak; farklı biçimde üç yetim, kanunlar yüzünden üç dul.

Ben adil biçimde cezalandırıldığımı kabul ediyorum; peki, bu masum kadınlar ne yaptılar? Mühim değil; onların onurlarına leke sürüldü ve mahvoldular. İşte, adalet dedikleri bu.

Beni endişelendiren zavallı yaşlı annem değil; altmış dört yaşında, bir gün aniden ölecek. Veya bir müddet daha yaşayabilirse sobasında biraz sıcak kül olduğu takdirde, hiçbir şey onu üzmez.

Karım da beni endişelendirmiyor; zaten sağlığı kötü ve hafızası zayıf durumda. Onu da bekleyen uzun bir ömür olamaz.

Tabii, delirmezse. Deliliğin insan ömrünü uzattığını söylerler; ama en azından uyuyor veyahut ölü gibi olur, bu yüzden de zihinsel olarak acı çekmez.

Ama kızım, çocuğum, gülen, oynayan, bu saatte şarkı söyleyen ve hiçbir şey düşünmeyen küçük zavallı Marie'm, beni kederlendiren odur!

X

İşte benim hücrem:

Sekiz metre kare. Dış koridorun bir basamak üstüne yükseltilmiş bir döşeme taş zemin üzerine dikine dayanmış dört taş duvar.

Kapıdan girerken sağda gülünç bir yataklığa benzeyen bir tür girinti var. Oraya, mahkûmun hem kışın hem de yazın, ince kumaş pantolon ve çadır bezinden yapılma ceketini giyerek üzerinde dinlenip uyuyacağı farz edilen bir saman yığını atılır.

Başımın üstünde, gökyüzü niyetine baktığım, üzerinde kalın örümcek ağlarının paçavra gibi sarktığı siyah kubbe dedikleri bir kemer var.

Geri kalanında ise bir pencere, hatta bir bodrum camı bile yok. Bir de ahşap kısımları demirin gölgesinde kalmış bir kapı...

Yanılmışım; kapının ortasından çaprazlamasına yukarı doğru uzanan, geceleri gardiyanın kapattığı bir açıklık görüyorum.

Dışarıda, duvarın üstünde dar havalandırma kanalları bulunan, bir dizi kemerli ve alçak kapılarla birbirine bağlı duvar bölmeleriyle bölünmüş uzun, ışıklı bir koridor var; bu bölmelerin her biri, benimkine benzer bir hücreye giriş işlevine sahip. Hükümlülerin, cezaevi müdürü tarafından bu hücrelerde disiplin cezasına çarptırıldığı görülüyor. İlk üç tecrit hücresi, ölüm cezası mahkûmlarına ayrılmıştır çünkü zindancının odasına daha yakın olmaları uygun bulunmaktadır.

Bu hücreler, Jean d'Arc'ı yaktıran Winchester Kardinali tarafından on beşinci yüzyılda yaptırıldığı şekliyle, eski Bicêtre şatosunun kalıntılarıdır. Geçen gün beni görmeye gelen ve bana, hayvanat bahçesinde kafesteki bir hayvan gözetler gibi, uzaktan bakan meraklı insanlar konuşurken duydum. Zindancı bunun için beş frank almıştı. Hücremin kapısında gece gündüz nöbetçi olduğunu söylemeyi unuttum. Bakışlarını üstüme dikmiş nöbetçiyle göz göze gelmeden tavan penceresine doğru bakmak söz konusu dahi değil.

Ayrıca, bu taş hücrenin içinde güya hava ve gün ışığı olduğu düşünülüyor.

XI

Hâlâ gün ışımadığına göre, geceleyin ne yapmalı? Aklıma bir fikir geldi. Ayağa kalktım ve lambamı hücremin dört duvarında gezdirmeye başlayınca, duvarların yazılar, çizimler, tuhaf figürler, birbirine karışan ve silinen isimlerle kaplı olduğunu fark ettim. Bana öyle geliyor ki her mahkûm bir iz bırakmak istemiş, en azından burada. Kurşun kalem, tebeşir, kömür, siyah, beyaz, gri harfler, derinlemesine kertilmiş taşlar ve kanla yazıldığı tahmin edilebilen paslı şekiller var. Hiç şüphesiz, zihnim daha özgür olsaydı, gözlerimde bu hücrenin her bir taşında sayfa sayfa ilerleyen bu garip kitaba ilgi duyardım. Döşemeye dağılmış bütün bu düşünce parçalarını tekrar birleştirmek ve her adamı her isimde tekrar bulmak niyetindeyim; bu sakatlanmış yazıtlara, parçalanmış ifadelere, budanmış kelimelere, onları yazmış olanlar gibi başsız vücutlara yeniden anlam ve hayat kazandırmak istiyorum.

Başucu hizamda, içinden bir ok geçen iki alevli kalp var ve üzerinde şu yazılı: "Hayata duyulan aşk". Zavallının aşkı uzun sürmemiş.

Yan tarafta, alt kısmında kabaca çizilmiş üç boynuza benzeyen köşeleriyle küçük bir şapka var ve bu şekle şu kelimeler eşlik ediyor: "İmparator çok yaşa! 1824".

Başka alevli kalpler, bir hapishanede için tipik sayılabilecek bir cümle ile: "Mathieu Danvin'i seviyorum ve ona tapıyorum. JACQUES".

Karşı duvarda bu isim okunuyor: "Papavoine". "P" harfi büyük yazılmış ve arabesk desenlerle özenle işlenmiş ve süslenmiş.

Müstehcen bir şarkıdan bir kuple…

Taşın içine oldukça derin bir biçimde oyulmuş bir özgürlük şapkası var, bunun altında ise şu yazılı: "Bories. Cumhuriyet". Bu, La Rochelle'in dört astsubayından biriydi. Zavallı genç adam! Sahte siyasi sebepler ne kadar iğrenç! Bir fikir için, bir hayal için, varlığı şüpheli soyut bir kavram için, giyotin denen bu korkunç gerçeklik! Ve ben, şikâyet eden ben, gerçek bir suç işlemiş, kan dökmüş bir sefil olan ben!

İncelemelerimde daha ileri gitmeyeceğim. Duvarın köşesinde beyaz kalemle işaretlenmiş, korkunç bir resim, şu anda belki de benim için dikilmekte olan idam sehpası desenini gördüm. Lamba neredeyse elimden düşüyordu.

XII

Derhâl samanlığın üstüne geri döndüm ve başımı dizlerimin arasına sıkıştırarak oturdum. Sonra çocuksu korkum dağıldı ve garip bir merak duvarımı okumaya devam etmeme sebep oldu.

Papavoine adının yanında, tozla kalınlaşmış ve duvarın köşesinde gerilmiş büyük bir örümcek ağını bozdum. Bu ağın altında, çok net okunabilen dört veya beş isim vardı, diğer yazılar duvarda sadece leke gibi kalmıştı. "DAUTUN, 1815. POULAIN, 1818. JEAN MARTIN, 1821. CASTAING, 1823". Bu isimleri okudum ve aklıma kasvetli hatıralar geldi: Kardeşini dört parçaya ayırarak kesen ve bir gece yarısı Paris'te kelleyi bir fıskiyeye, gövdeyi de kanalizasyona atan Dautun; Karısını öldüren Poulain; pencereyi açarken yaşlı babasına ateş ederek öldüren Jean Martin; arkadaşını zehirlemiş olan ve onun son hastalığında ona çare bulmak yerine, tekrar zehir vermiş olan Doktor Castaing; ve tüm bunların ötesinde, çocukları kafalarından bıçaklayan korkunç deli Papavoine!

Kendi kendime dedim ki işte, tüm vücudu ateşten titreyen ben ve işte, benden önce bu hücrenin misafiri olanlar… İşte, burada, tam da benim bulunduğum yerde akıllarından son düşüncelerini geçirmiş bu cani ve eli kanlı adamlar! Son adımlarını vahşi bir hayvanınmışçasına bu dört duvarın arasında attılar. Çok geçmeden birbirleri ardına buradan geçtiler; görünüşe göre bu hücre hiç boş kalmadı. Yeri sıcak tuttular ve bıraktıkları kişi de ben oldum. Şimdiyse çimleri hızla büyüyen Clamart mezarlığında onlara katılma sırası bana geliyor!

Ne müneccimim ne de batıl inançlı biriyim. Bu düşüncelerin bir miktar ateşimi çıkarması muhtemel ama bu isimleri derinlemesine düşünürken, ansızın, bu ölümcül adlar bu kara duvara ateşle yazılmış gibi geldi. Giderek daha fazla hızlanan bir kulak çınlaması beynimde patladı; kızıl bir parıltı gözlerimi doldurdu ve sonra hücrem, kellelerini sol ellerinde taşıyan ve saçları olmadığı için ağzından tutan tuhaf erkeklerle doluymuş gibi göründü. Baba katili dışında hepsi bana yumruklarını gösteriyordu.

Dehşetle gözlerimi kapattım ve her şeyi daha net gördüm.

Rüya, hayal veya gerçeklik, aniden içime dolan bir his tam zamanında beni uyandırmasaydı delirecektim. Soğuk göbekli ve kıllı bacaklı bir yaratık çıplak ayağımın üstüne sürünürken az kalsın geriye doğru düşüyordum; bu, az önce rahatsız ettiğim örümcekti şimdi de kaçıyordu.

Bu, beni kendime getirdi. Ey ürkütücü hayaletler! Hayır, bu bir dumandı, boş ve sarsılmış beynimin hayal gücüydü. Macbeth tarzı bir düş! Ölüler ölüdür, özellikle de bunlar. Mezarda iyice zincirlenmişlerdir. Orası kaçılabilen bir hapishane değildir. O zaman, nasıl bu kadar korkabildim?

Mezarın kapısı içeriden açılmaz.

XIII

Geçen günlerde iğrenç bir şey gördüm.

Gün yeni başlıyordu ve hapishane oldukça gürültülüydü. Ağır kapıların açılıp kapandığı, sürgü kilitlerin ve demir asma kilitlerin gıcırdadığı, gardiyanların kemerindeki anahtar demetinin birbirine vurarak çınladığı, aceleyle atılan adımlar yüzünden merdivenlerin aşağıdan yukarıya titrediği ve uzun koridorların bir ucundan diğerine seslenip karşılık verildiği duyuldu. Hücre komşularım, tecritteki forsalar, normalden daha neşeliydiler. Tüm Bicêtre gülüyor, şarkı söylüyor ve dansa koşuyor gibiydi.

Sadece ben bu gürültü patırtıda dilsiz ve bu kargaşada hareketsiz kalmış, şaşkınlıkla ve dikkatle dinliyordum.

Bir gardiyan oradan geçiyordu.

Ona seslenmeye ve hapishanede bir şenlik olup olmadığını sormaya cüret ettim.

"İsteyen şenlik de diyebilir!" diye cevap verdi bana. "Yarın Toulon'a gitmek için buradan ayrılmak zorunda olan hükümlülerin zincirlendiği gün bugün. Görmek ister misiniz, bu sizi çok eğlendirecek."

Gerçekten de ne kadar tiksindirici de olsa, yalnız bir münzevi için iyi bir gösteri izleme fırsatıydı. Eğlenceyi kabul ettim.

Memur, beni kontrol altına almak için her zamanki tedbirleri aldı, sonra beni boş, küçük ve hiç eşya olmayan bir hücreye götürdü; parmaklıklı bir penceresi vardı, gerçek bir pencereydi bu hatta pervaz hizasında gökyüzü seçilebiliyordu.

"Buyurun" dedi bana, "buradan izleyecek ve duyacaksınız, locanızda krallar gibi tek olacaksınız."

Sonra dışarı çıktı ve kapıyı üzerime kilitledi, zincirleyip sürgüledi.

Pencere oldukça büyük bir kare avluya bakıyordu ve avlunun dört yanından büyük altı katlı taş bir bina boyunda duvarlar yükseliyordu. Bu gözler daha aşağılık, daha çıplak, daha sefil bir şey görmemişti, hiçbir şey yukarıdan aşağıya, bir duvarın taşları gibi üst üste yığılı, zayıf ve solgun yüzlerden oluşan kalabalığın yapıştığı, tıpkı demir çubukların iç içe geçtiği çerçevelere gömülü birbirine bitişmiş parmaklıklı birçok pencerenin delip geçtiği bu dörtlü cepheye benzeyemezdi. Bunlar mahkûmlardı, oyuncusu olacakları günü bekledikleri törenin şimdilik seyircileriydiler. Cehenneme bakan Araf pencerelerinde, acı çeken ruhlar oldukları söylenebilirdi.

Herkes boş avluyu sessizce izliyordu. Bekliyorlardı. Bu karanlık ve kasvetli suratlar arasında, birkaç gözün keskin ve hayat dolu bir şekilde parladığı seçilebiliyordu.

Avluyu çevreleyen cezaevi alanı, tam anlamıyla kapalı sayılmazdı. Binanın dört duvar yüzeyinden biri (doğuya bakan) ortaya doğru yıkılmış ve bitişik duvara sadece bir demir parmaklıkla bağlanmıştı. Bu parmaklık, ilkinden daha küçük olan ikinci bir avluya açılıyor, gri duvarlar ve beşik çatı kalkanlarıyla tamamlanıyordu.

Ana avlunun etrafında, taş banklar duvara yaslanıyordu. Ortada bir fener taşımak gayesiyle yükselen kavisli demir bir çubuk bulunuyordu.

Öğle olmuştu. Girintilerden birine gizlenmiş büyük araba kapısı aniden açıldı. Kırmızı apoletli, sarı silah kayışlı, mavi üniformalı kirli ve rezil askerler tarafından eşlik edilen bir araba şangırtısıyla ağır ağır avluya girdi. Bunlar kürek mahkûmları ve zincirleriydi.

Sanki bu gürültü hapishanenin gürültüsünü tetiklemiş gibi, pencerelerde şimdiye kadar sessiz ve hareketsiz olan izleyiciler, şarkılar, tehditler ve keskin kahkahalarla karışık lanetlemeler içinde sevinç çığlıkları atmaya başladılar. Şeytanın maskeleri âdeta aramızda geziniyordu. Her suratta yüz buruşturmalar baş gösterdi, tüm yumruklar parmaklıkların arasından dışarı fırlıyor, tüm gırtlaklar çığlık atıyor, tüm gözler alev alev ve bu kül yığını içinde bu kadar çok kıvılcım görmek beni dehşete düşürüyordu.

Bu arada, temiz kıyafetleri ve saçtıkları korkuyla kolaylıkla ayırt edilebilen kürek mahkûmlarının gardiyanları vardı; bir yandan da Paris'ten gelen bazı meraklı insanlar da oradaydı, sessizce işe koyuldular. Biri arabaya tırmandı; zincirleri, seyahat boyunluklarını ve keten pantolon tomarını meslektaşlarına fırlattı. İşe ara verdikleri sırada bazıları mahkeme köşesinde, argo bir sözle "sicim" olarak adlandırdıkları uzun zincirleri uzatmaya gitti; diğerleri de "tafta" gömlek ve pantolonları kaldırıma yaydı; bu arada en deneyimli olanları bodur ve yaşlı bir adam olan şeflerinin eşliğinde demir boyunlukları tek tek kaldırım taşlarında kıvılcımlar çıkartarak denetliyorlardı. Hapishane mahkûmlarının kahkahalarının bastırdığı alaycı tezahüratlar arasında kürek mahkûmları için hazırlıklar yapılıyordu; onlarsa küçük avluyu eski hapishanenin pencerelerinden izliyorlardı.

Bu hazırlıklar sona erdiğinde, Müfettiş Bey olarak adlandırılan, gümüşi giyimli bir beyefendi hapishane müdürüne emir verdi ve bir dakika sonra, iki ya da üç alçak kapı, art arda iğrenç ve öfkeli çığlıklar atan hırpani adam yığınlarını neredeyse aynı anda avluya kustu. Onlar kürek mahkûmlarıydı.

Onlar içeri girerken, pencerelerdeki sevinç iki katına çıktı. Aralarından bazıları, cezaevinin büyük isimleri, bir tür gururlu bir tevazu ile kabul ettikleri tezahürat ve alkışlarla karşılandılar. Çoğu, zindanın samanlarından kendi elleriyle dokudukları enteresan şekillerde şapkalar takıyorlardı, böylece geçtikleri şehirlerde şapkaları aracılığıyla kimliklerini açığa vuruyorlardı. Bu adamlar için daha da büyük bir alkış tufanı koptu. Özellikle biri inanılmaz bir coşku uyandırdı: on yedi yaşındaki bu genç adamın yüzü genç bir kızı anımsatıyordu. Bir haftadır kapalı kaldığı zindandan ayrılıyordu; saman çizmesi ve onu baştan ayağa saran yine kendi yapımı saman giysisiyle bahçeye girerek bir yılan çevikliği ile döndü dolaştı. Hırsızlıktan hüküm giymiş bir meydan soytarısıydı. Çılgın alkışlar ve sevinç çığlıkları etrafı kasıp kavurdu. Kürek mahkûmları da bu coşkuya karşılık veriyordu; hüküm giymiş mahkûmlar ve hükmünü bekleyen mahkûmlar arasındaki bu sevinç çığlıkları dehşet verici bir şeydi. Bekçilerden ve korkmuş meraklılardan oluşan topluluk, bu adamların suçlarını başlarına kakıyor ve bu korkunç cezadan bir aile şöleni çıkarıyordu.

Muayene için doktorların onları beklediği yere vardıklarında, küçük parmaklıklı avluda iki sıra gardiyanın arasına itildiler. Burası bozuk gözler, topal bacak, sakatlanmış el gibi sağlık mazeretleri iddiasıyla herkesin yolculuktan kaçınmak için son çabasını harcadığı yerdi. Fakat hemen hemen her zaman, kürek cezasına gidebilecek kadar iyi oldukları tespit ediliyor ve ardından herkes, birkaç dakikada tüm sağlık yetersizliği iddialarını unutarak, kaygısız biçimde pes ediyordu.

Küçük avlunun demir parmaklığı tekrar açıldı. Bir gardiyan, alfabetik sırayla çağrı yaptı, mahkûmlar birer birer dışarı çıktılar ve her hükümlü, isminin ilk harfine göre tesadüfen herhangi bir kişinin yanına denk düşerek büyük avlunun bir köşesinde ayakta dizilmeye zorlandı. Böylece herkes tek başına kalmıştı; her biri kendi zincirini bir yabancı ile yan yana takıyor ve eğer tesadüfen bir hükümlü arkadaşının yanına düşmüş bile olsa, zincir onları ayırıyordu.

Bu sefaletin en kötüsüydü!

Yaklaşık otuz kişi çıkış yaptığında, demir parmaklıklı kapı tekrar kapatıldı. Kürek mahkûmlarının gardiyanı, sopasıyla onları sıraya soktu; her birinin önüne gömlek, ceket ve kaba kumaştan pantolon attı, sonra işaret etti ve hepsi soyunmaya başladı. Tam da sırası gelince bu aşağılanmayı işkenceye dönüştürecek beklenmedik bir olay meydana geldi.

O zamana kadar hava oldukça iyiydi ve Ekim rüzgârı havayı soğutsa da hava genel itibariyle açıktı, gökyüzünün gri sislerinin arasından güneş ışığı sızıyordu. Ancak, tam da hükümlüler, gardiyanların şüpheli bakışları arasında hapishane paçavralarını çıkarıp çıplak ayakta durdukları esnada, kafalarını sokup onları görmeye çalışan yabancıların meraklı bakışları altında, gökyüzü karardı, aniden soğuk bir sonbahar sağanak yağmuru patlak verdi ve meydan avlusunu, kürek mahkûmlarının açık başlarını, çıplak bacaklarını, kaldırıma serilen sefil kıyafetlerini sırılsıklam etti.

Göz açıp kapayana kadar, kürek mahkûmu gardiyanı veya bekçi dışında, avlu tahliye edildi. Paris'in meraklıları, sığınmak üzere sundurmaların altına koşuştu. Bununla birlikte, bardaktan boşanırcasına yağmur yağıyordu. Avluda sadece çıplak mahkûmlar ve sağanak sebebiyle kaldırımda biriken dereler görülüyordu. Gürültülü meydan okumalardan sonra ortalığı hazin bir sessizlik kaplamıştı. Titriyorlardı, dişleri takırdıyordu, ince bacakları ve kemikli dizleri birbirine çarpıyordu; ıslak gömlekleri, sırılsıklam ceketleri ve üzerlerinden yağmur suları süzülen pantolonları, morarmış vücutlarına geçirmeye çalıştıklarını görmek çok acıydı. Çıplak olsalar daha iyiydi.

Sadece bir kişi, yaşlı bir adam neşesini bir nebze koruyor gibiydi. Islak gömleğiyle kendini silerek "bunun plan dâhilinde olmadığını" haykırdı; sonra yumruğuyla gökyüzünü işaret ederek, tekrar gülmeye başladı.

Yol kıyafetlerini giydiklerinde, yirmi ya da otuzluk gruplar halinde, avlunun yere dizilmiş ve kendilerini bekleyen zincirlerin bulunduğu diğer köşesine yönlendirildiler. Bunlar, uzun ve sert zincirlerdi, yarım metrede bir kısa zincirlerle enine kesiliyor, uçlarından birbirlerine menteşeyle bağlanıyorlardı; kürek mahkûmunun boynunda tüm yolculuk için demir bir cıvatayla perçinlenmişlerdi. Bu zincirler yere yayıldığında, büyük bir balık kılçığını andırıyorlardı.

Kürek mahkûmları su basmış kaldırımların çamuruna oturdular, tasmaları denediler; mahkûmların arasından ellerinde örslerle gelen iki demirci ustası, ağır demir kütleleri büyük darbeleriyle perçinlendi. Aralarında en gözü pek görünenin sararıp solduğu an çok korkunçtu. Sırtlarındaki örslere indirilen her çekiç darbesi mahkûmların çenesini zıplatıyordu; önden arkaya doğru alacakları en ufak bir darbe, kafataslarının fındık kabuğu gibi kırılıvermesine yol açacaktı.

Bu operasyondan sonra karanlıkta kaldılar. Yalnızca zincirlerin şangırtısı, arada bir atılan çığlıklar ve gardiyanların sopalarının daha hırçın davranan mahkûmların vücudunda patlayan ağır gürültüsü duyuluyordu. Ağlayan birileri vardı; yaşlılar titriyor ve dudaklarını ısırıyorlardı. Demir parmaklıkların arasından gördüğüm bu uğursuz tabloyu dehşetle izledim.

Böylece, doktorların ziyaretinden sonra zindancıların ziyareti; zindancıların ziyaretinden sonra ise, demir geçirme işlemi gerçekleşti. Gösteri üç perdeden oluşuyordu.

Yeniden güneş belirdi, âdeta tüm bu beyinleri ateşe vermiş gibi görünüyordu. Hükümlüler aynı anda sarsılarak ayağa kalktılar. Ellerinden çekiştiren beş demir zicir, aniden fenerin dalının çevresinde büyük bir daire oluşturmuştu. Gözlerini yoracak biçimde dönmeye başladılar. Argo dolu bir romantizmle, kâh mütevazı kâh öfkeli veyahut da neşeli bir havada cezaevi şarkısı söylediler; zaman zaman sessiz sakin ağlamalar ve nefes nefese kahkahalar gizemli sözlere döndü, ritimle çarpışan zincirler gürültülerinin gölgesinde kalan bu boğuk şarkı için orkestra görevi gördü. Eğer bir Sabbath görüntüsü görmek istesem, bundan daha iyisini bulamazdım.

Avluya büyük bir kazan taşındı. Gardiyanlar kürek mahkûmlarının danslarını sopa darbeleriyle böldü ve onları içinde, hangi pis sıvının tüttüğü belli olmayan kazana götürdüler. Mahkûmlar ise başladılar yemeye.

Yemek yedikleri esnada çorbalarının ve esmer ekmeklerinin kalanları kaldırıma atarak başladılar yeniden dans etmeye ve şarkı söylemeye. Öyle görünüyordu ki bu özgürlüğü demirleme gününe ve takip eden geceye dek ertelemişlerdi.

Bu tuhaf gösteriyi, öyle büyük bir merak, heyecan ve dikkatle seyrediyordum ki kendimi unuttum. Derin bir acıma hissi içime işledi ve attıkları kahkahalar beni gözyaşlarına boğdu.

Birdenbire, bu gündüz düşünün ortasında çığlık atan çemberin durup sustuğunu gördüm. Sonra tüm gözler onları izlediğim pencereye döndü: "Mahkûm! Mahkûm!" Birbirlerine parmaklarıyla işaret ederek bağırdılar, sevinç ve coşkuları iki katına çıktı.

Donup kalmıştım.

Beni nereden tanıdıklarını ve beni nasıl seçtiklerini bilmiyorum.

"Merhaba! İyi akşamlar!" diyerek berbat ve alaycı gülüşleriyle seslendiler. En gençlerden biri, parlak ve kurşuni yüzünü bana dönerek gıptayla baktı ve şöyle dedi: "Ne şanslı biri! Kellesini alacaklar. Elveda yoldaş!"

İçimde olup bitenleri anlatamam. Gerçekten de onların yoldaşıydım. Greve, Toulon'un kız kardeşidir. Onlardan bile aşağıydım: onlar beni onurlandırıyorlardı. İçim titredi.

Evet, onların yoldaşı! Birkaç gün sonra, ben de onlar için bir gösteri olabilirdim.

Pencerede öylece kalakaldım, hareketsiz, kötürüm, felçli. Fakat beş zincirin ilerlediğini, yoğun samimiyet sözleriyle bana doğru atıldıklarını gördüğümde, zincirlerinin, uğultularının, adımlarının gürültüsünü duvarın dibinde duyduğumda, bu iblis sürüsü sefil hücreme tırmanıyor gibi geldi; çığlık attım ve büyük bir şiddetle kapıyı kıracak gibi kendimi attım ama kaçmama imkân yoktu. Dışarıda sürgüler çekildi. Kapıya şiddetle vurdum, öfkeyle seslendim. Hükümlülerin ürkütücü seslerini giderek daha yakından duyuyor gibiydim. İğrenç kafalarını penceremin kenarında gördüğümü sandım, ikinci bir acı çığlık attım ve baygın düştüm.

XIV

Kendime geldiğimde gece olmuştu. Berbat bir yatağa yatırılmıştım; tavanda ışığı titreşen fener, kendi yatağımın iki tarafında dizili olan diğer yatakları görmemi sağladı. Beni revire götürdüklerini anladım.

Birkaç dakika boyunca, hiçbir şey düşünmeksizin ve hatırlamaksızın, yatakta olmanın mutluluğuyla uyanık kaldım. Elbette, diğer zamanlarda, bu hastane ve hapishane yatağı beni iğrenme ve acıma hisleriyle doldururdu ama artık aynı adam değildim. Çarşaflar gri ve sertti, battaniyeyse ince ve delikti; samanlar döşeğin içinden hissediliyordu ancak ne önemi var! Vücudum bu battaniyenin altındaki bu sert çarşaflar arasında rahatlayabilirdi, tüm inceliğine rağmen, normalde iliklerime işlediğini hissetmeye alışkın olduğum bu korkunç soğuğun yavaşça dağıldığını hissettim. Tekrar uykuya daldım.

Büyük bir gürültüye uyandım; günün erken saatleriydi. Gürültü dışarıdan geliyordu, yatağım pencerenin kenarındaydı, neler olduğunu görmek için kalçamın üzerinde doğruldum.

Pencere, Bicêtre'nin büyük avlusuna bakmaktaydı. Bu avlu insanlarla doluydu; iki sıra asker, bu kalabalığın ortasında avludan geçen dar bir yolu zar zor boş tutabiliyordu. Bu çift sıra asker arasından insanlarla tıka basa dolu beş uzun araba her bir kaldırımda sarsılarak geçiyordu; bunlar ayrılan mahkûmlardı.

Bu arabaların üstü açıktı. Her zincir sırası arabaların birinde oturuyordu. Hükümlüler, yan yana sokulmuş, birbirlerine yaslanmışlardı, birbirlerinden araba boyunca uzanan ortak zincirle ayrılmışlar ve her birinin ucunda, bir gardiyanı dolu bir tüfekle ayakta duruyordu. Zincirlerinin şıkırdadığını duyabiliyorlardı ve arabanın her sarsıntısında kafalarının zıpladığı ve sarkan bacaklarının sallandığı görülüyordu.

İnce ve insanın içine işleyen bir yağmur, havayı soğuttu ve keten pantolonları dizlerine yapışarak griden siyaha dönüştü. Uzun sakallarından ve kısa saçlarından sular damlıyordu; yüzleri morarmıştı; tir tir titredikleri görülüyordu ve öfkeyle karışan soğuk dişlerini takırdatıyordu. Hem zaten, başka bir hareket mümkün değildi. Bir kere bu demire perçinlendiyse insan, zincir denilen o iğrenç şeyin yalnızca bir parçasıdır, artık tek bir adam gibi hareket eder. Zekân dize gelmeli, zindan boyunduruğu tarafından ölüme mahkûm edilmeli ve hayvani yanından bahsedecek olursak da sadece belli saatlerde ihtiyaçları ve iştahı giderilmeli. Böylece, çoğu yarı çıplak, hareketsiz, başları açık ve ayakları sarkan bu mahkûmlar, aynı arabalara bindirilmiş, temmuz sıcağı ve kasım ayının soğuk yağmurları için aynı kıyafetler giydirilmiş hâlde, yirmi beş günlük yolculuklarına başladılar. Görünüşe göre insanlar, doğayı cellâtlık görevine ortak etmek istiyor.

Kalabalığın ve arabaların arasında ne kadar korkunç olduğunu tahmin edemeyeceğin bir diyalog başlamıştı: bir taraftan küfürler, diğer taraftan meydan okumalar, her yandan beddualar; ancak liderin bir işaretiyle, arabalarda, omuzlara veya kafalara rastgele yağan sopa darbelerini ve her şeyin, düzen denilen bir tür dış sükûnete geri döndüğünü gördüm. Fakat gözler intikam duygusuyla doluydu ve sefillerin yumrukları dizlerinin üzerine sımsıkı duruyordu.

Atlı jandarmaların ve yaya gardiyanların eşlik ettiği beş araba, Bicêtre'in kemerli yüksek kapısının altında art arda kayboldu; kazanların, bakır kâselerin ve yedek zincirlerin bir araya karmakarışık yığıldığı altıncı araba onları takip etti. Kantinde oyalanan bazı gardiyanlar kafileye katılmak için koşarak dışarı çıktılar. Kalabalık oraya akın etti; tüm bu izleyici grubu, bir kâbus gibi gözden kayboldu. Fontainebleau'nun asfalt yolunda, tekerleklerin ve atların ayaklarının büyük gürültülerinin, kırbaçların hırçın darbelerinin, zincirlerin şangırtısının ve kürek mahkûmlarına beddua eden insanların haykırışlarının yavaş yavaş azaldığı duyuluyordu.

Onlar için bu yalnızca başlangıç!

Bana ne demişti avukat? Kürek cezaları! Ah! Evet, bin kere ölmek daha iyidir! Zindandan ziyade idam sehpası, cehennemdense hiçlik; hükümlülüğün boyunduruğu yerine boynumu Guillotin'in bıçağıyla teslim etmek yeğdir! Aman Tanrım, kürek cezası mı!

XV

Maalesef hasta değildim. Ertesi gün revirden ayrılmam gerekti. Zindana geri döndüm.

Hasta değilim! Aslında, genç, sağlıklı ve güçlüyüm. Kan, damarlarımda serbestçe akıyor; tüm organlarım tüm direktiflerimi yerine getiriyor, uzun bir ömür için kurulu bu beden ve ruh içinde kuvvetliyim; evet, tüm bunlar gerçek ve yine de hastayım, ölümcül bir hastalığım var, insan eliyle yapılmış bir hastalık.

Revirden çıktığımdan beri, aklıma çok dokunaklı bir fikir geldi, beni delirtecek bir düşünce, bıraksalar belki de firar edebilirdim. Bu doktorlar, bu yardımsever hemşireler, benimle ilgileniyormuş gibi gözüküyorlardı. Bu kadar genç bir yaşta böyle bir ölümle hayata veda etmek! Bana acıyor gibi görünüyorlardı, öyle ki etrafımda dört dönüyorlardı. Peh! Meraktan! Bu insanlar sizi pekâlâ hummadan kurtarabilirler ama ölüm cezasına çare olmalarına imkân yok. Aslında onlar için son derece kolay olurdu! Bir kapıyı açık unutuvermek! Onlara ne olabilirdi ki?

Artık fırsat kalmadı! İtirazım reddedilecek çünkü her şey ayarlandı; tanıklar iyi tanıklık etti, davacılar iyi bir şekilde dava açtılar, hâkimler iyi bir şekilde karar verdiler. Benim bir önemim yoktu, sadece... Hayır, delilik! Daha fazla umut yok! Temyiz, uçurumun üstünde sizi asılı tutan bir iptir ve kopana kadar anbean söküldüğünü duyarsınız. Giyotinin bıçağının düşmesinin altı hafta süreceği gibi...

Ya affedilseydim? Affedilmek! Ama kim tarafından? Ve neden? Ve nasıl? Benim affedilmem imkânsız. Dedikleri gibi, ibret olsun!

Sadece üç adımım kaldı: Bicêtre, Conciergerie, Grève.

XVI

Revirde geçirdiğim birkaç saat boyunca, tekrar ortaya çıkan güneşin altına veya daha doğrusu, pencere parmaklıklarının bana bıraktığı kadar güneş alarak, bir pencere kenarına oturdum.

Oradaydım, başım ağırlaşmış ve iki elimin arasında yanıyordu, içinde taşıyabileceklerinden daha fazlası vardı, dirseklerim dizlerim üzerinde, ayaklarım sandalyemin parmaklıklarındaydı; bu ruhsal çöküntü, beni bedenimde kemik veya etimde kas yokmuş gibi kıvırıp büküyordu.

Hapishanenin boğucu kokusu beni her zamankinden daha fazla bunaltıyordu, kulağımda hâlâ kürek mahkûmlarının zincirlerinin gürültüsü vardı, Bicêtre'den büyük bir bıkkınlık hissettim. Bana öyle geliyordu ki iyi kalpli Tanrı bana acımış olmalıydı ve en azından çatının kenarına bana şarkı söylemesi için küçük bir kuş göndermişti.

Benim dileklerimi kabul edenin iyi kalpli Tanrı mı yoksa şeytan mı olduğuna dair bilinmezi düşünürken, neredeyse aynı anda penceremin altından bir ses yükseldiğini duydum. Bu bir kuş sesi değil, çok daha iyisiydi: on beş yaşında bir kızın saf, taze, kadife sesi. Başımı kaldırdım, söylediği şarkıyı hevesle dinledim. Ağır ve kasvetli havada, bir tür hüzünlü ve ağlamaklı bir şakımaydı bu; sözleri ise şöyleydi:

Mail Caddesi,
Enselendiğim yer,
Maluré,
Üç aynasız tarafından,
Lirlonfa malurette,
Üstüme atıldılar

Lirlonfa maluré.

Bunun bana nasıl bir hayal kırıklığımın ve acı verdiğini anlatamam. Şarkı devam ediyordu:

Üstüme atıldılar,
Maluré.
Bana taktılar kelepçeyi,
Lirlonfa malurette,
Büyük şef gitti,
Lirlonfa maluré.
Yoluma çıktı,
Lirlonfa malurette,
Bir hırsız mahalleden,
Lirlonfa maluré.

Bir hırsız mahalleden,
Maluré.
– Git söyle karıma,
Lirlonfa malurette,
Kodese tıkıldığımı,
Lirlonfa maluré.
Karım öfke içinde,
Lirlonfa malurette,
Dedi ki: Ne yaptın sen öyle?
Lirlonfa maluré.
Dedi ki: Ne yaptın sen öyle?
Maluré.
– Bir meşe terlettim,
Lirlonfa malurette,
Aşırdım mangırını,

Lirlonfa maluré,
Saat ve mangırını,
Lirlonfa malurette,
Ve ayakkabı bağını,
Lirlonfa maluré.

Ve ayakkabı bağını,
Maluré.
Karım Versay'a kaçtı,
Lirlonfa malurette,
Majestenin ayaklarına kapandı,
Lirlonfa maluré.
Bir mektup sundu,
Lirlonfa malurette,
Beni çıkarmak için,
Lirlonfa maluré.
Beni çıkarmak için,
Lirlonfa Maluré.

– Ah! Buradan çıkarsam,
Lirlonfa malurette,
Karımı seveceğim,
Lirlonfa maluré.
Ona entari alacağım,
Lirlonfa malurette,
Ve süslü ayakkabı,
Lirlonfa maluré.

Ve süslü ayakkabı,
Maluré.

Ama kızan büyük şef,
Lirlonfa malurette,
Der ki : – Tacım adına,
Lirlonfa maluré,
Onu oynatacağım,
Lirlonfa malurette,
Tabansız bir yerde
Lirlonfa maluré.

Daha fazlasını duymadım ve duyamadım. Bu korkunç ağıtın yarı anlaşılır ve yarı örtülü anlamı, haydudun bekçiyle dövüşü, karşılaştığı hırsız ve karısına gönderdiği adam, bu korkunç mesaj: Bir adamı öldürdüm ve hapse düştüm. "Birini öldürdüm ve yakalandım" Versay'a dilekçe ile koşan o kadın ve "suçluya kızıp onu o tabansız yerde dans ettirmekle tehdit eden majeste" ve tüm bunlar en tatlı namelerde ve insan kulağını okşayan en tatlı sesle söylenmişti! Kırılmış, donakalmış ve yıkılmıştım. Tüm bu iğrenç sözlerin o kızıl ve taze ağızdan çıkması tiksindirici bir şeydi. Sümüklü böceğin bir gülün üzerinde bıraktığı sümük gibiydi.

Hissettiklerimi dile getirmem imkânsız; beni aynı zamanda hem incitmiş hem de ruhumu okşamıştı. Mağaraların ve zindanların tuhaf anlaşılmaz dili, o kanlı ve gülünç dil, genç bir kızın sesiyle birleşen bu iğrenç argo, çocuk sesinden kadın sesine zarif bir geçiş, tüm bu biçimsiz ve kötü yazılmış, ama nameli, ahenkli, dizili sözler!

Ah! Bir hapishane nasıl rezil bir şey! Bir zehri var ve her şeyi kirletiyor. Her şey mutsuzluğa dönüşüyor, hatta on beş yaşındaki bir kızın şarkısı bile. Orada bir kuş bulursun, kanadında çamur vardır; güzel bir çiçek koparır koklarsın, pis kokar.

XVII

Ah! Kaçabilseydim tarlalarda koşardım!

Hayır, koşmamak gerekirdi. Bunun yüzünden bana bakarlar ve şüphelenirlerdi. Bilakis, başını dik tut, yavaşça yürü ve şarkı söyle. Eski kırmızı desenli mavi bir tulum edinmeli. Bu kılık değiştirmeye yardımcı olur. Etraftaki tüm bostancılar tulum giyer.

Arcueil'in yakınında, bataklığın yanında bir ağaçlık vardı, kolejdeyken, her Perşembe, arkadaşlarımla birlikte, kurbağaları yakalamaya giderdim. Akşama kadar orada saklanırdım.

Gece olduğunda koşmaya devam ederdim. Vincennes'e giderdim. Hayır, nehir beni durdururdu. Arpajon'a giderdim. "St Germain'in tarafından sapıp Le Havre'ye gitmek ve İngiltere'ye seyahat etmek daha iyi olurdu. Ne önemi var ki! Ben Longjumeau'ya varıyorum. Bir polis geçiyor; benden pasaportumu soruyor. Mahvoluyorum!

Ah! Mutsuz hayalperest, ilk önce seni hapseden bir metre kalınlığındaki duvarı yıkmalısın! Ölüm! Ölüm!

Sanırım, buraya, bir çocuk olarak geldiğim Bicêtre'ye, büyük kuyuyu ve delileri tanımaya geldim!

XVIII

Tüm bunları yazarken lambam söndü, gün ağardı, şapelin saati altıyı vurdu.

Bu ne anlama geliyor? Gardiyan az önce hücreme girdi, şapkasını çıkardı, beni selamladı, boğuk sesini yumuşatarak beni rahatsız ettiği için özür diledi ve öğle yemeği için ne istediğimi sordu.

Beni bir ürperti aldı. O gün, bugün olabilir miydi?

XIX

O gün bugün!

Hapishane müdürünün kendisi az önce beni ziyaret etti. Bana nasıl yardımcı ya da faydalı olabileceğini sordu, kendisiyle ya da astlarıyla ilgili şikâyette bulunmamam yönündeki ricasını dile getirdi, ilgiyle sağlığımı ve geceyi nasıl geçirdiğimi sordu; yanımdan ayrılırken "mösyö" diye hitap etti!

O gün bugün!

XX

Bu zindancı, kendisi ve astları hakkında şikâyet edecek bir şeyim olduğuna inanmıyor. Ve haklı. Şikâyet etmem hata olurdu; işlerini iyi yaptılar, beni iyi gözetlediler, ayrıca girişte ve çıkışta nazik davrandılar.

Memnun olmam gerekmez mi?

Bu iyi zindancı, iyi yürekli tebessümü, şefkatli sözleri, pohpohlayıcı ve gözetleyici bakışı, iri ve kaba elleriyle, hapishanenin ete kemiğe bürünmüş hâli, insana dönüşmüş Bicêtre. Etrafımdaki her şey hapishane anlamına geliyor; hapishaneyi her şekilde, parmaklık şeklinde veya kilit şeklinde veyahut insan şeklinde görüyorum. Bu duvar, taştan bir hapishanedir; bu kapı tahta bir hapishanedir; bu infaz memurları, etten kemikten bir hapishanedir. Hapishane, korkunç bir varlıktır, bir bütün, bölünmez, yarı ev, yarı adam. Ben onun avıyım; peşime düşüyor, tüm kıvrımlarıyla beni kucaklıyor. Beni granit duvarlarının arasına kapatıyor, demir kilitlerinin ardına zincirliyor ve zindancı gözleriyle beni izliyor.

Ah! Sefil! Bana ne olacak? Bana ne yapacaklar?

XXI

Artık sakinim. Her şey bitti, gerçekten bitti. Müdürün ziyaretinin beni sardığı korkunç endişe hissinden sıyrıldım. Zira itiraf ediyorum, hâlâ umutluydum. Şimdi, Tanrıya şükür, artık umut etmiyorum.

İşte az önce olanlar:

Altı buçukta saat çaldı -hayır, çeyrek geçeydi- hücremin kapısı yeniden açıldı. Kahverengi resmi palto giymiş beyaz saçlı yaşlı bir adam içeri girdi. Paltosunun önü açıktı. Bir cübbe ve dik yaka gördüm. O bir rahipti.

Bu rahip hapishanenin papazı değildi. Bu uğursuz bir işaretti.

Samimi bir tebessümle karşıma oturdu; sonra başını iki yana salladı ve gözlerini gökyüzüne, yani hücrenin tavanına kaldırdı. Anlamıştım.

"Oğlum" dedi bana, "hazırlıklı mısın?"

Zayıf bir sesle cevap verdim:

"Hazırlıklı değilim ama hazır sayılırım."

Ama görüşüm birden zayıfladı, aynı anda tüm vücudumdan soğuk bir ter boşandı, şakaklarımın zonkladığını ve kulaklarımın uğuldadığını hissettim.

Sandalyemde uyurmuş gibi sallanırken, yaşlı adam konuşuyordu. En azından bana öyle geldi ve sanırım dudaklarının hareket ettiğini, ellerinin işaret ettiğini, gözlerinin parladığını gördüm.

Kapı ikinci kez yeniden açıldı. Sürgülerin gürültüsü, beni uyuşukluğumdan, onu da konuşmasından kopardı. Siyah giysili bir beyefendi, hapishane müdürü eşliğinde kendisini tanıttı ve beni samimiyetle selamladı. Adamın yüzünde cenaze merasimi görevlilerinin resmi hüzünlü ifadesi vardı. Elinde bir tomar kâğıt tutuyordu.

"Mösyö" dedi kibar bir tebessümle, "Ben Paris Kraliyet Mahkemesinde mübaşirim. Başsavcı tarafından size bir mesaj getirme şerefine sahibim."

İlk sarsıntı geçmişti. Tüm ruhsal varlığım bana geri dönmüştü.

"Bu" diye cevap verdim, "ısrarla kellemi isteyen başsavcı değil mi? Bana yazdığını bilmek benim için büyük şeref. Umarım ölümüm ona büyük bir zevk veriyordur. Zira ölmemi hararetle talep eden birinin bunu umursamadığını düşünmem zor olurdu."

Tüm bunları söyledim ve kararlı bir sesle devam ettim:

"Okuyunuz, mösyö!"

Her satırın sonunda söylenerek ve her kelimenin ortasında tereddüt ederek, bana uzun bir metin okumaya başladı. Bu, temyiz başvurumun reddi anlamına geliyordu.

Okumayı bitirdiğinde, mühürlü belgeden gözlerini kaldırmadan:

"Karar bugün Greve Meydanı'nda infaz edilecek" diyerek ekledi. "Conciergerie'ye gitmek için tamı tamına yedi buçukta çıkacağız. Sevgili mösyö, beni takip etme nezaketini gösterir misiniz?"

Onu son birkaç dakikadır dinlemiyordum. Müdür rahiple konuşuyordu; gözlerini kâğıdına dikmişti; yarı açık kalan kapıya baktım. Ah! Rezalet! Koridorda dört tüfekli adam var!

Mübaşir bu kez bana bakarak sorusunu tekrarladı.

"İstediğiniz vakit" diye cevap verdim. "Siz nasıl isterseniz!"

Beni selamladı ve şöyle dedi:

"Yarım saat içinde seni almaya gelme şerefine nail olacağım."

Böylece beni yalnız bıraktılar.

Kaçmanın bir yolu, lütfen, Tanrım! Herhangi bir yolu! Kaçmam gerekiyor! Mecburum! Tarlalara! Kapılardan, pencerelerden, çatı kafesinden! Kirişlerde bir parça derimi bırakmam gerekse de!

İğrenç! İblisler! Lanet! Bu duvarı en iyi aletlerle delmek aylar alır ne çivim var ne de zamanım!

XXII

Conciergerie'den

İşte buradan "nakil ediliyorum", tutanaklarda yazılı olduğu gibi.

Ama yolculuk anlatmaya değer.

Çanlar saat yedi buçuğu çaldığında, görevli, hücremin eşiğinde tekrar göründü. "Mösyö," dedi bana, "Sizi bekliyorum." Eyvah! O ve diğerleri!

Kalktım, bir adım attım; başım ağır ve bacaklarım zayıf olduğu için ikinci bir adım atamayacağımı düşündüm. Ancak oldukça kararlı bir hızla toparlanıp devam ettim. Tecrit hücresinden ayrılmadan önce son bir kez baktım. Onu -hücremi- sevmiştim. Sonra, onu boş ve kapısını açık bıraktım; bu da hücreye tuhaf bir hava veriyordu.

Hem zaten çok da uzun sürmeyecek. "Bu gece birisi bekleniyor" dedi gardiyan "Ağır Ceza Mahkemesi'nin daha şimdiden suçlu bulduğu bir mahkûm."

Koridorun sonunda papaz bize katıldı. Az önce öğle yemeği yiyip gelmişti.

Hapishanenin çıkışında, müdür şefkatle elimden tuttu ve dört kıdemli asker göndererek bana eşlik eden takımı güçlendirdi.

Revirin kapısının önünde, kederli bir ihtiyar bana bağırdı: "Hoşça kal!"

Avluya vardık. Derin bir nefes aldım ve iyi geldi.

Açık havada uzun süre yürümemize gerek kalmadı. İlk avluda at koşulmuş bir posta arabası bekliyordu; beni getiren arabayla aynıydı, bir tür dikdörtgen araba enine kalın bir demir tel parmaklıkla örülerek iki kısma bölünmüştü. Her iki kısmın ayrı bir kapısı vardı, biri arabanın önünde, diğeri arkasında. Her tarafı öyle kirli, öyle siyah, öyle tozluydu ki fakirlerin cenaze arabaları buna kıyasla bir kraliyet arabası sayılır.

Bu iki tekerlekli mezarın içine gömülmeden önce, önünde duvarlar çökebilecek gibi görünen umutsuz bakışlarımdan biriyle avluya baktım. Ağaçlarla çevrelenmiş bir çeşit küçük meydan olan avlu, kürek mahkûmu izleyicilerine kıyasla daha kalabalıktı. Kalabalık çoktan toplanmıştı!

Ben yazarken hâlâ, kürek mahkûmlarının ayrıldığı günde olduğu gibi, mevsim yağmuru yağıyordu, ince ve buzlu bir yağmur, şüphesiz bütün gün yağacak hatta benden daha uzun süre kalacaktı.

Yollar batmıştı, avlu çamur ve su doluydu. Bu kalabalığı bu çamur içinde görmekten zevk almıştım.

Görevli ve bir jandarma ön bölmeye; rahip, ben ve bir jandarma diğer bölmeye olmak üzere arabaya bindik. Araba etrafında dört atlı jandarma vardı. Böylece, sürücü hariç, bir adama sekiz adam.

Ben binerken gri gözlü ihtiyar bir kadın dedi ki: "Bunu zincirli mahkûmlardan daha çok seviyorum."

Ne demek istediğini anlamıştım. Tek bakışta izlenebilecek ve kolaylıkla benimsenebilecek bir manzaraydı bu. En az diğeri kadar dikkat çekici ve daha rahat... Hiçbir şey rahatsızlık vermiyor. Sadece bir adam var ve bu adamda, tek seferde tüm kürek mahkûmlarının hüznünü kendisinde toplamış. Bu gösteri daha derli toplu; aroması daha yoğun ve çok daha lezzetli bir likör gibiydi.

Araba sarsıldı. Ana kapının kemerinin altından geçerken hafif bir ses çıkardı, sonra ana caddeye çıktı ve ardından Bicêtre'nin ağır kapısının kanatları kapandı. Kendimi şaşkınlık içerisinde taşınan ne hareket eden ne de çığlık atabilen, baygınlık hâlindeyken gömüldüğünü anlayan bir adam gibi hissediyordum. Posta atlarının boynundan sarkan çanların sırayla hıçkırık gibi aralıklarla çınlamalarını, kaldırımda gıcırdayan demir tekerlekleri ya da yol değiştirirken araba kasasının sarsılışını, arabanın etrafındaki jandarmaların dörtnala gidişini, araba sürücüsünün şaklattığı kırbaç sesini belli belirsiz duyuyordum. Hepsi beni uzağa götüren bir kasırga hortumu gibiydi.

Tam önümde bulunan bir gözetleme deliğinin parmaklığı içerisinden, Bicêtre'nin büyük kapısının üstünde büyük harflerle oyulmuş yazıya gayri ihtiyari gözümü diktim: "YAŞLILAR YURDU"

İşte, dedim kendi kendime, öyle görünüyor ki bazı insanlar burada yaşlanıyor.

Uykuyla uyanıklık arasında yapıldığı gibi, bu fikri tüm yönleriyle kafamda kurdum. Araba, caddeden ana yola geçerken, tavan penceresinin görünümü değişti. Paris'in sisli havası, Notre Dame kulelerinin etrafını mavi ve yarı silik bir çerçeveyle çevrelemişti. Tam orada zihnimin bakış açısı da değişti. Araba gibi bir makine olmuştum. Notre-Dame kulelerinin düşüncesini, Bicêtre fikri takip etti. "Bayrağın olduğu kuledekiler iyi görecekler" dedim kendi kendime aptalca gülümseyerek.

Sanırım tam o anda rahip benimle tekrar konuşmaya başladı. Konuşmasına sabırla izin verdim. Zaten kulağımda tekerleklerin gürültüsü, atların dörtnala koşması, sürücünün kırbaçlaması vardı. Bu da yalnızca diğerlerine ilave bir gürültüydü.

Önde oturan görevlinin kısa ve kopuk sesi aniden beni sarsana kadar, bir çeşme şırıltısı gibi, düşüncelerimi uyuşturan ve anayolun eğri büğrü karaağaç fidanları gibi hep aynı ama hep farklı biçimlerde önümden geçen bu monoton kelimelerin ağzından dökülüşünü sessizce dinledim.

"Pekâlâ!" dedi sayın papaz, neredeyse neşeli bir tonda "Yeni bir haber var mı?"

Bunları söylerken rahibe doğru dönmüştü.

Benimle ara vermeden konuşan ve arabanın gürültüsünün sağır ettiği papaz cevap vermedi.

- Ne? Ne? Görevli, tekerleklerin gürültüsünü bastırmak için sesini yükseltti: "Lanet araba!"

Lanet! Gerçekten.

Ve devam etti:

"Şüphesiz, bu sarsıntıdan dolayı anlaşamıyoruz. Ne diyecektim? Bana bir iyilik yapıp ne demek istediğimi bana hatırlat, sayın papaz! Ah! Bugünkü Paris'in büyük haberini duydunuz mu?"

Benim hakkımda konuşuyormuş gibi birden ürperdim.

"Hayır" dedi en sonunda duymuş olan rahip, "Bu sabah gazeteleri okumaya vaktim olmadı. Bunları bu gece göreceğim. Bütün gün böyle meşgulken, kapıcıya gazetelerimi saklamasını buyururum ve onları eve döndüğümde okurum."

"Peh!" diye devam etti görevli, "Bunu bilmemeniz mümkün değil. Paris'teki haber! Bu sabahın haberi!"

Ben söze girdim: "Ben biliyorum sanırım."

Görevli bana baktı.

"Sen mi? Gerçekten mi? O hâlde, bu konuda ne diyorsunuz?"

"Meraklısınız!" dedim.

"Neden, mösyö?" diye hemen karşılık verdi görevli. "Herkesin kendi siyasi görüşü var. Size öyle çok saygı duyuyorum ki görüş sahibi olmadığınıza asla inanmıyorum. Bana gelince, kesinlikle Ulusal Muhafızların yeniden yapılanmasından yanayım. Kendi bölüğümde çavuştum ve bence çok hoş bir şeydi."

Onun sözünü kestim.

"Bahsi geçen haberin bu olduğunu sanmıyorum."

"Peki ya ne? Haberleri bildiğini söylemiştiniz."

"Bugün tüm Paris'in ilgilendiği başka bir haber hakkında konuşuyordum."

Budala anlamadı; bu, onda merak uyandırdı.

"Başka bir haber mi? Haberleri hangi cehennemden öğrenebildiniz? Hangisi, mösyö, lütfen söyleyin? Ne olduğunu biliyor musun, Mösyö Rahip? Haberleri benden daha önce mi alıyorsun? Bana da haber verin, rica ederim. Konu nedir? Bilirsiniz, haberleri severim. Onları başkana anlatırım ve bu onu eğlendirir."

Ve binlerce boş laf daha... Rahibe bana doğru döndü, bense karşılık olarak sadece omuzlarımı silktim.

"Pekâlâ!" dedi bana, "Öyleyse ne düşünüyorsunuz?"

"Bu gece artık düşünemeyeceğimi düşünüyorum." diye cevap verdim.

"Ah! Evet, öyle!" diye karşılık verdi. "Haydi, ama çok üzgünsünüz! Bay Castaing idam günü sohbet bile ediyordu."

Ardından, kısa bir sessizlikten sonra:

"Bay Papavoine'i götürdüm; samurdan kalpağını takmıştı ve purosunu içiyordu. La Rochelle'in gençlerine gelince, sadece kendi aralarında konuşuyorlardı. Ama konuşuyorlardı."

Kısa bir süre tekrar durdu ve devam etti:

"Deliler! Hevesliler! Herkesi hor gören bir havaları vardı. Size gelince, sizi gerçekten oldukça düşünceli buluyorum, genç adam."

"Genç adam!" dedim ona, ben sizden daha yaşlıyım; geçip giden her çeyrek saat beni bir yıl yaşlandırıyor.

Arkasını döndü, birkaç dakika boyunca bana budala bir şaşkınlıkla baktı, sonra kaba bir biçimde sırıtmaya başladı.

"Haydi, şaka yapıyor olmalısınız, benden daha yaşlı mı? Ben senin büyükbaban yaşındayım."

"Şaka yapmıyorum." diye cevapladım ciddi bir biçimde.

Tütün kutusunu açtı.

"Tamam, sevgili mösyö, kızmayın; bir parça tütün alın ve bana kin beslemeyin."

"Korkmayın; Size kin tutacak kadar uzun zamanım yok."

Bana enfiye kutusunu uzattığı anda, bizi ayıran demir kafesle karşılaştı. Bir sarsıntı onu şiddetli bir şekilde demir kafese vurmasına ve jandarmanın ayaklarının altına düşmesine sebep oldu.

"Lanet kafes!" diye bağırdı görevli.

Bana doğru döndü.

"Pekâlâ! Ben şanssız değil miyim? Bütün tütünüm kayboldu!"

"Sizden daha fazlasını kaybediyorum." diye cevapladım gülümseyerek.

Dişlerinin arasında homurdanarak tütününü toplamaya çalıştı:

"Benden daha fazlası! Bunu söylemek kolay. Paris'e kadar tütün yok! Bu korkunç!"

Papaz daha sonra ona teselli edici laflar etti ve ben zihnimin meşgul olup olmadığından emin değildim ama başlangıçta bana yapılan vaazın devamı gibi görünüyordu. Yavaş yavaş rahip ve görevli arasında sohbet başladı; onlar kendi aralarında konuşmalarına devam ederlerken, ben, kendimi düşünmeye başladım.

Bariyere yaklaştığımda, hiç şüphe yok ki zihnim hâlâ meşguldü ama Paris normalden daha gürültülü gibi geliyordu.

Araba şehrin girişinden önce kısa bir süre durdu. Şehir gümrük memurları arabayı teftiş etti. Kasaba getirilen bir koyun veya dana olsaydı, onlara bir kese para atmak gerekirdi; ama bir insan kellesi için vergi ödenmez. Geçtik.

Bulvar aşıldı ve araba, bir karınca yuvasının binlerce yolu gibi kıvrılan ve kesişen Faubourg Saint Marceau ve kentin eski dolambaçlı sokaklarında büyük hızla ilerledi. Bu dar sokakların yollarında arabanın tekerlekleri öylesine gürültülü ve o kadar hızla yol aldı ki dışarıdaki seslerin hiçbirini duyamıyordum. Gözlerimi küçük kare tavan penceresine kaldırdığımda, bana öyle geliyordu ki yoldan geçen kalabalık arabaya bakmak için duruyor ve çocuk çeteleri arabanın peşinden koşuyordu. Ayrıca zaman zaman buradaki kavşaklarda orada burada ellerinde bir tomar basılı kâğıtla, yırtık pırtık giysiler içinde bir adam veya yaşlı bir kadın; bazen ikisini de bir arada; bazen de yoldan geçenlerin sanki çığlık atmak için ağızlarını açtıklarını ve kavga ettiklerini görüyor gibiydim.

Conciergerie'nin avlusuna vardığımız anda saray saati sekiz buçuğu vurdu. Bu büyük merdivenin, kara şapelin, uğursuz pencerelerin görüntüsü beni ürpertti.

Araba durduğunda, kalp atışlarımın da duracağını zannettim.

Gücümü topladım; kapı şimşek gibi hızla açıldı; tekerlekli zindandan atladım ve uzun adımlarla iki sıra asker arasındaki kemerin altına doğru gidip durdum. Geçiş yolunda bir kalabalık çoktan toplaşmıştı.

XXIII

Adliye Sarayı'nın halka açık galerilerinde yürürken neredeyse özgür ve rahat hissettim ama sadece mahkûm eden veya mahkûm edilenlerin girdiği yerde, önümde alçak kapılar, gizli merdivenler, uzun sessiz ve boğucu geçitlerin iç koridorları açıldığında tüm bu güzel hisler beni terk etti.

Görevli hâlâ bana eşlik ediyordu. Rahip iki saat içinde geri dönmek üzere yanımdan ayrıldı, işleri vardı. Görevli beni teslim edeceği müdürün ofisine götürdü. Bu bir takastı. Müdür ondan bir süre beklemesini istedi ve ona vereceği bir avın olduğunu ve böylelikle araba dönerken beraberinde hemen Bicêtre'e götürebileceğini söyledi. Şüphesiz bugünkü mahkûm, bu gece kullanacak vaktim kalmadığından benim yerime hasır balyada uyumak zorunda kalan kişi olacaktı.

"Bu çok iyi" dedi görevli müdüre "Sizi bir dakika bekleyeceğim; Her iki tutanağı bir seferde yapacağız, bu iyi bir fikir".

Beklerken, müdürünkinin hemen yanında küçük bir ofise yerleştirildim. Orada beni tek başıma bıraktılar, kapıyı üzerime kilitlediler.

Ne düşündüğümü ya da ne kadar süredir orada kaldığımı bilmiyorum, kulağıma çalınan ani ve şiddetli bir kahkaha beni hülyalarımdan uyandırdı.

İrkilerek yukarı doğru baktım. Artık hücrede yalnız değildim. Yanımda bir adam bulunuyordu, yaklaşık elli beş yaşında, orta boyda bir adam; kırışıklarla dolu, kambur, kır saçlı; tıknaz; gri gözlerinde buğulu bir bakış, yüzünde acı bir gülüş; kirli, paçavralar içinde, yarı çıplak, iğrenç görünüşlü.

Görünüşe göre kapı açılmış, onu içeri fırlatmış, sonra ben fark etmeden tekrar kapanmıştı. Keşke ölüm de öyle gelebilse!

Adam ve ben, birbirimize birkaç saniye boyunca dik dik baktık; o, ölüm çıngırağını andıran gülüşüyle uzun uzun gülerek; ben ise yarı şaşkın, yarı korkmuş.

"Siz kimsiniz?" dedim ona sonunda.

"Komik bir soru!" diye cevap verdi. "Kelle kızartması."

"Bir kelle kızartması mı? Bu ne demek?"

Bu soru neşesini iki katına çıkardı.

"Bu şu demek" diye bağırdı kahkahalarla, "hapishane, sizin kellenize altı saat içerisinde yapacağını, benim kelleme altı hafta içinde yapacak. Ha! Ha! Şimdi anlamış gibi görünüyorsun."

Gerçekten de bitkindim ve tüylerim diken diken olmuştu. Bicêtre'de beklenen varisim, gündüz saatlerinde yargılanmış olan başka bir idam mahkûmuydu.

Şöyle devam etti:

"Daha ne istiyorsun! İşte, benim hikâyem. Usta bir yankesicinin oğluyum; maalesef cellât, bir zamanlar babama da ilmek takmak zorunda kalmış. Tanrı'nın lütfuyla darağacının hüküm sürdüğü zamanlardı. Altı yaşımda, ne annem ne de babam vardı; yazları, posta arabalarının kapılarından bana birkaç metelik atarlar diye yol boyu tozun içinde taklalar atar; kışları ise soğuktan kıpkırmızı olmuş parmaklarımı üfleyerek ısıtmaya çalışarak çamurda çıplak ayakla yürür; pantolonum delik deşik olduğundan baldırlarım görünürdü. Dokuz yaşımda, ellerimi kullanmayı öğrenmiştim; ara sıra birinin ceplerini boşaltır ya da birinin pılı pırtını yürütürdüm. On yaşımda artık bir yankesiciydim, ileriki zamanlarda iyice ustalaştım; on yedi yaşında artık gerçek bir hırsızdım. Dükkân kapılarını zorluyor, bazen maymuncuk kullanıyordum. Beni yakaladılar. Yaşım tuttuğu için kürek cezası aldım.

Kürek cezası zordur; yerde yatmak, pis su içmek, kara ekmek yemek, hiçbir işe yaramayan budala bir güllenin peşinden sürüklenmek; sopa darbeleri ve güneş çarpmaları. Bütün bunlar yetmiyormuş gibi, o güzel kestane rengi saçlarımı kestiler! Hiç önemi yok! Zamanımı doldurdum. Tam on beş yıl, bu çok yıpratıcı! Otuz iki yaşındaydım. Bir sabah elime çıkış kâğıdımı ve on beş yıllık kürek cezası boyunca, günde altı sekiz saat, ayda otuz gün, yılda on iki ay çalışarak biriktirdiğim altmış altı frank verdiler. Ne fark eder ki altmış altı frank param ile dürüst bir insan olmak istiyordum; üstümdeki bu paçavralarla bir rahibin cübbesinin içinde taşıdıklarından daha iyi duygular içindeydim. Fakat o kimliğe lanet olsun! Sarıydı ve üzerinde beraat etmiş forsa yazıyordu! Gittiğim her yerde onu göstermek zorundaydım hatta her sekiz günde bir, beni yerleştirdikleri kentin başkanına gidip bu cüzdanı göstermek zorundaydım. Ne güzel bir referans! Bir kürek mahkûmu! İnsanlara korku salıyordum; küçük çocuklar benden kaçıyordu ve kapılar yüzüme kapanıyordu.

Kimse bana iş vermek istemiyordu. Böylece, altmış altı frank paramı yedim. Yaşamak zorundaydım. Becerilerimi gösterip, çalışmak istediğimi belirttim, kapıları kapattılar; on beş kuruş, on kuruş, beş kuruş yevmiye ile çalışmayı teklif ettim. Hiçbir şey çıkmadı. Ne yapmak gerekirdi? Bir gün, çok acıkmıştım. Bir fırının vitrinine bir dirsek darbesiyle vurdum ve bir ekmek kaptım ama fırıncı beni kıskıvrak yakaladı, böylece ekmeği yiyemedim ve müebbet kürek mahkûmu olarak kaldım; sırtıma omzuma ateşle üç harf bastılar. İstersen gösteririm. Bu adalet kavramına 'suç tekrarı' ismini verirler. Yine kürek cezasına döndüm. Beni Toulon'a geri gönderdiler; bu defa müebbet cezası anlamına gelen yeşil şapkalılar ile beraberdim. Kaçmalıydım. Bunun için delmem gereken sadece üç duvar ve kesmem gereken iki zincir vardı ama bir çivim vardı.

Kaçtım! Arkamdan uyarı için top attılar, çünkü bizler, biz diğerleri, Roma'nın kardinalleri gibi hep kırmızı giyeriz ve biz ayrılırken arkamızdan top atarlar. Barutlar kuşları dağıtabildi. Bu sefer sarı kimlik yoktu ama param da yoktu. Cezalarını tamamlamış ya da hapisten kaçmış olan arkadaşlara rastladım. Liderleri bana onlara katılmamı teklif etti, yol kenarlarında toplanıp eğlence yapıyorlarmış. Ben de kabul ettim ve yaşamak için öldürmeye başladım. Kimi zaman bir posta arabası, kimi zaman bir yolcu arabası, bazen at eti tüccarı. Paralarını alıyorduk, hayvanlarını ve arabaları bırakıyorduk ve ayakları toprağın dışına çıkmamasına dikkat ederek öldürdüğümüz adamı bir ağacın altına gömüyorduk. Sonra da toprağın yeni kazıldığı belli olmasın diye üzerinde dans ediyorduk. İşte böyle yaşlandım; otların arasına uzanarak, yıldızların altında uyuyarak, ormandan ormana kaçarak, ama en azından özgürdüm ve kendi hayatımı yaşıyordum. Her şeyin bir sonu vardır, bunun da sonu geldi. Jandarmalar, güzel bir gecede bize tuzak kurdular. Arkadaşlarımın hepsi kaçıp kurtuldu ama en yaşlı bendim ve sırma şapkalı o kedilerin pençeleri beni kavradı. Beni buraya getirdiler. Merdivenin bütün basamaklarını tek tek aştım, biri hariç. Bir mendil çalmış veya bir adam öldürmüş olmak; artık benim için hepsi aynıydı, yine 'suç tekrarı' cezası aldım. Artık sadece cellâdın önünden geçecektim. Davam kısa sürdü. Aslına bakarsan yaşlanmaya başlamıştım ve artık hiçbir işe yaramıyordum. Babamı asmışlardı, beni de giyotine gönderecekler. İşte böyle arkadaşım!"

Onu dinlerken aptalca bakakaldım. Başladığından daha yüksek sesle gülmeye başladı ve elimi tutmak istedi. Dehşetle geri durdum.

"İdam karşısında korkak olma. Biliyorsun, meydanda kötü bir zaman geçireceksin ama hemen bitmiş olacak! Kelle düşüşünü sana göstermek için orada olmak isterdim. Tanrım! Seninle birlikte biçilmeme izin vereceklerini bilsem temyizden vazgeçmek isterdim. Aynı rahip ikimize de hizmet edecek; artıklarına sahip olup olmamak umurumda değil. Görüyorsun ben iyi bir çocuğum. Hah! Söyle bakalım, ister misin? Arkadaş olalım!"

Bana yaklaşmak için bir adım daha attı.

"Mösyö" diye cevapladım, onu iterek "size teşekkür ederim."

Cevabı üzerine yeniden kahkaha attı.

"Ah! Ah! Mösyö, efendim siz bir markisiniz! O bir marki!"

Onun sözünü kestim:

"Arkadaşım, yalnız kalmaya ihtiyacım var, beni rahat bırakın."

Konuşmamın ciddiyeti aniden onu dalgınlaştırdı. Neredeyse kel kalmış kır saçlı kafasını hareket ettirdi; önü açık gömleğinin altında çıplak gözüken kıllı göğsünü kaşıyarak:

"Anlıyorum" diye dişlerinin arasında mırıldandı; "Bu arada, yaban domuzu[23] geliyor!"

Sonra, birkaç dakikalık sessizlikten sonra:

"Bak" dedi, neredeyse utanarak, "Sen bir markisin, bu çok iyi; ama burada sizin fazla işinize yaramayacak güzel bir redingotunuz[24] var! Hapishane onu geri alacak. Onu bana verin, tütün almak için satacağım."

---

[23] "Rahip" (V.H.)

[24] TDK: "Arkası yırtmaçlı, etekleri uzun, çift sıra düğmeli, resmî erkek ceketi". (E.N.)

Ceketimi çıkardım ve ona verdim. Ellerini çocuk gibi neşeyle çırpmaya başladı. Sonra gömleğin içinde tir tir titrediğimi görünce:

"Üşüdünüz, mösyö, şunu giyin; yağmur yağıyor, ıslanacaksınız ve sonra, idam arabası üzerinde iyi bir şekilde durmalısın."

Böyle konuşarak, kaba gri yünlü ceketini çıkardı ve kollarıma geçirdi. Bunu yapmasına izin verdim.

O an duvara yaslanmıştım ve bu adamın bana ne gibi bir etkide bulunduğunu söyleyemem. Ona verdiğim paltoyu incelemeye başlamıştı ve her dakika sevinç çığlıkları atıyordu.

"Ceplerin hepsi yepyeni! Yaka yıpranmamış! En az on beş frank alırım. Ne şans! Altı hafta boyunca tütün!"

Kapı yeniden açıldı. İkimizi de almaya geldiler; beni, mahkûmların idam saatini beklediği odaya götürmek için; onu Bicêtre'ye götürmek için. Gülerek askerlerin ortasına gitti ve jandarmalara şöyle dedi:

"Ah! Sakın karıştırmayın; giysilerimizi değiştirdik, mösyö ve ben; ama onun yerine beni götürmeyin. Hay aksi şeytan! Şimdi tütün alabilecek durumdayken, bunun olması hiç hoşuma gitmez!"

XXIV

O yaşlı hergele paltomu aldı, aslında onu ben vermedim ve sonra bana berbat paçavra ceketini bıraktı. Şimdi bunlar içinde neye benzeyeceğim?

Paltomu almasına kaygısızlıktan veya hayırseverlikten izin vermedim. Hayır; ama benden daha güçlü olduğu için. Reddetmiş olsaydım, beni büyük yumruklarıyla devirebilirdi.

Ah evet, hayırseverlik(!) Kötü duygularla doluydum. Keşke onu, o yaşlı hırsızı ellerimle boğabilseydim! Onu ayaklarımın altında ezebilseydim!

Kalbimin öfke ve acı dolu olduğunu hissediyorum. Sanırım ödüm patlamıştı. Ölüm insanı huysuzlaştırıyor.

XXV

Beni sadece dört duvarın olduğu bir hücreye getirdiler, pencerede birçok parmaklık ve kapıda birçok sürgü ve kilit olduğunu söylememe gerek yok.

Bir masa, sandalye ve yazı yazmak için malzeme istedim. Bana tüm bunları getirdiler.

Sonra bir yatak istedim. Gardiyan bana şunu demek istermiş gibi şaşkın bakışla baktı: "Ne işe yarayacak?"

Bununla birlikte benim için köşeye bez ve kayıştan bir yatak kurdular. Ancak aynı zamanda, "odam" dedikleri yere bir jandarma diktiler. Yoksa şiltenin beziyle kendimi boğmamdan mı korkuyorlar?

XXVI

Saat on.

Ah zavallı küçük kızım! Altı saat sonra ben ölmüş olacağım! Amfilerin soğuk masasında sürüklenen rezil bir şey olacağım; bir tarafta kalıba dökülecek bir kafa, diğer taraftan kesip ayrılacak bir gövde; tüm bunlar bittikten sonra, bir bira doldurulacak ve hep birden Clamart'a gidilecek.

Hiçbiri benden nefret etmeyen, hepsi bana acıyan ve beni kurtarabilecek olan tüm bu insanların babana yapacakları şey işte bu. Beni öldürecekler. Bunu anlıyor musun Marie? Bu kadar soğukkanlı bir biçimde, ibret için, törenle beni öldürecekler! Ah! Yüce Tanrım!

Zavallı küçük kız! Seni öyle çok seven baban, güzel kokulu küçük beyaz boynunu öpen, saçlarının ipek gibi kıvrımlarını sürekli okşayan, güzel yuvarlak yüzünü ellerinin arasına alan, seni dizlerinin üzerinde zıplatan ve akşamları Tanrı'ya dua etmek için iki küçük ellerini birleştiren baban!

Tüm bunları şimdi sana kim yapacak? Seni kim sevecek? Yaşıtın tüm çocukların babası olacak, sen hariç. Yılbaşında, hediyeler, güzel oyuncaklar, şekerlemeler ve öpücüklerden, tüm bunlardan nasıl vazgeçeceksin, çocuğum? Bundan, yiyip içmekten nasıl vazgeçeceksin, şanssız yetim?

Of! Bu jüri üyeleri, en azından küçük Marie'mi görseydi! Üç yaşındaki bir çocuğun babasının öldürülmesi gerektiğini anlarlardı.

Ve büyüdüğü zaman, tabii o kadar yaşarsa, ona ne olacak? Babası Paris halkının hatıralarından biri olacak. Benden ve ismimden utanacak; kalbindeki tüm hassasiyet ile onu seven babası yüzünden hor görülecek, itilip kakılacak ve rezil olacak. Ah benim küçük Marie'm, sevdiğim! Benden utanç ve dehşet duyacağın doğru mu?

Sefil! Nasıl bir suç işledim ve topluma nasıl bir suç işlettirdim!

Of! Gün bitmeden önce öleceğim doğru mu? Bunun ben olduğum doğru mu? Dışarıda duyduğum bu çığlıkla karışık gürültü, rıhtımda toplanmış neşeli insan topluluğu, kışlalarında hazırlanmakta olan jandarmalar, siyah giysili bu rahip, kırmızı elli diğer adam, hepsi benim için! Ölecek olan benim! Ben, şu anda burada, yaşayan, hareket eden, nefes alan, diğer herhangi bir masadan farkı olmayan bu masada oturan ve pekâlâ başka yerlerde de olabilecek olan ben, nihayetinde, dokunan ve hisseden, giysisi hâlâ kıvrılan ben!

XXVII

Bunun nasıl yapıldığını ve orada aşağıda, ne şekilde ölündüğünü bilsem bile! Ama korkunç, bunu bilmeme imkân yok.

Bu şeyin adı dehşet verici ve şu ana kadar nasıl yazıldığını ve telaffuz edildiğini hiç anlamıyorum.

Bu on harfin birleşimi[25], görünüşleri, fizyolojileri, korkutucu bir fikir uyandırmak için iyi bir şekilde ta-

[25]Fr. "Guillotine": "giyotin" (Ç.N)

sarlanmış ve bu şeyi icat eden uğursuz doktorun, kaderi önceden belirlenmişçesine bir adı vardı.

Bu çirkin kelimeyle özdeşleştirdiğim resim iğrenç, belirsiz, alakasız ve dahası uğursuz. Her hece, makinenin bir parçası gibi. Zihnimdeki canavar çerçeveyi durmaksızın inşa ediyor ve yok ediyorum.

Bununla alakalı bir soru sormaya cesaret edemiyorum ama bunun ne olduğunu ve bu durumu nasıl karşılamak gerektiğini bilmemek korkunç. Görünüşe göre bir kantar var ve sizi oraya karnınızın üzerine yatırıyorlar. Ah! Başım düşmeden önce saçlarım kırlaşacak!

XXVIII

Aslında onu bir kez uzaktan görmüştüm.

Sabah saat on bire doğru Greve meydanından, araba ile geçiyordum. Aniden araba durdu.

Meydanda kalabalık vardı. Kafamı arabanın kapısına dayadım. Greve'i ve rıhtımı dolduran ayaktakımı, kadınlar, erkekler ve çocuklar korkuluk duvarı üzerinde duruyorlardı. Başlarının üstünde, üç kişinin inşa ettiği kırmızı ahşaptan bir tür kerevet vardı.

O gün bir mahkûmun idam edilmesi gerekiyor olmalıydı ki makine inşa ediliyordu.

Görmeden önce başımı yana çevirdim. Arabanın yanında, bir çocuğa şöyle söyleyen bir kadın vardı:

"İşte, bak! Bıçak kötü aşınmış, yuvayı bir mum parçasıyla yağlayacaklar."

Muhtemelen bugün de buradalar. Saat on biri vurdu. Şüphesiz yuvayı yağlıyorlar.

Ah! Bu sefer şanssızım, başımı çeviremeyeceğim.

XXIX

Ah affetseler beni! Affedilsem! Belki de beni affederler. Kral bana kızmıyor. Hadi gidip avukatımı bulalım! Derhâl bir avukat! Kürek mahkûmluğu istiyorum. Beş yıllık -veya yirmi- kürek mahkûmluğu veya kızgın demirle müebbet, her ne olursa, yeter ki bir şey olsun. Ama canımı bağışlayın!

Bir kürek mahkûmu, o yürür, gelir gider ve güneşi görebilir.

XXX

Rahip geri geldi.

Kır saçlı, çok nazik bir tavrı var, iyi ve saygın bir şahsiyet; gerçekten kusursuz ve hayırsever bir adam. Bu sabah para kesesini mahkûmların ellerine boşalttığını gördüm. Nasıl oluyor da sesi bu kadar sakin ve heyecansız olabiliyor? Nasıl oluyor da bana henüz bir şey söylemediği hâlde, beni zihnimden veya yüreğimden yakalayabiliyor?

Bu sabah dalgındım. Bana ne söylediğini pek duyamadım. Sözleri bana işe yaramaz göründü ve ilgisiz kaldım; Buzlu camda süzülen soğuk yağmur misali kelimeler kayıp gidiyordu.

Ancak, şimdi geri geldiğinde, görünüşü ben de daha iyi bir izlenim bıraktı. Tüm bu insanların arasında, benim için hâlâ insan olan tek kişi, dedim kendi kendime. İyi ve teselli edici sözler duymaya çok ihtiyacım vardı.

İkimiz de oturduk, o sandalyeye, ben de yatağa. Bana dedi ki: "Oğlum..." Bu kelime yüreğimi açtı. Devam etti:

"Oğlum, Tanrıya inanır mısınız?"

"Evet, peder." diye cevap verdim.

"Aziz Katolik Apostolik Roma Kilisesine inanıyor musunuz?"

"Gönülden" dedim ona.

"Oğlum," diye devam etti "şüpheli bir hâliniz var."

Böylece konuşmaya başladı. Uzun süre konuştu; çok söz söyledi; sonra, bitirdiğini düşündüğünde, konuşmasının başlangıcından bu yana ilk kez ayağa kalktı ve bana şöyle sordu:

"Tamam mı?"

Önce hevesle, sonra dikkatle, sonra özveriyle dinlemiş olduğumu temin ederim.

Ben de ayağa kalktım.

"Mösyö" diye cevap verdim "Beni yalnız bırakın, size yalvarıyorum."

Bana:

"Ne zaman döneyim?" diye sordu.

"Size haber göndereceğim."

Sonra sakince dışarı çıktı ama başını sallayarak kendi kendine şöyle söyler gibiydi: "Dinsiz!"

Hayır, ne kadar düşersem düşeyim, ben bir dinsiz değilim ve Tanrı da ona inandığıma şahittir. Ama bu yaşlı adam bana ne dedi? Duygusal hiçbir şey, duyarlı hiçbir şey, ağlamaklı hiçbir şey, ruhani hiçbir şey, kendi kalbinden benim kalbime akan hiçbir şey, ondan bana geçen hiçbir şey. Aksine, bilemiyorum, belirsiz, vurgusuz, her şeye ve herkese uygulanabilir olan; derinlik gereken yerde yüzeysel, basit olacağına düz; bir çeşit duygusal vaaz ve dinî ağıt. Ara sıra Latince alıntılar... Aziz Augustinus, Aziz Gregorius, ne bilirim ben? Yirmi kez okutulmuş bir dersi okurken, bilmek zorunda olduğu ama hafızasında aşınmış bir konuyu tekrar ediyor gibi görünüyordu. Hiçbir göz teması, hiçbir ses vurgusu, hiçbir el kol hareketi yoktu.

Ama başka türlü nasıl olabilirdi ki? Bu rahibin unvanı hapishane papazıdır. Görevi teselli etmek ve nasihat vermektir, geçimini bununla sağlar. Kürek mahkûmları ve kurbanlar hitabetinin temel kaynağıdır. Onlara günah çıkarttırır ve yardım eder çünkü işi budur. İnsanları ölüme götürürken yaşlanmıştır. Uzun zamandır başkalarının titremesine neden olan şeylere alışmıştır; artık durumlar karşısında tüyleri ürpermemektedir; zindan ve idam sehpası onun için günlük şeylerdir. Bıkkındır. Muhtemelen bir defteri vardır; şu sayfa kürek mahkûmları için, bu sayfa idam mahkûmları için. Bir gün önceden hangi saatte teselli edilecek birisinin olacağı konusunda bilgi veriliyor; ne olduğunu soruyor: Kürek mahkûmu mu yoksa ölüm cezası almış biri mi? Sonra sayfayı tekrar okuyor ve görev yerine geliyor. Bu şekilde, Toulon'a gidenler ve Greve'e gidenler onun için sıradandır ve kendisi de onlar için sıradandır.

"Of! Keşke, bunun yerine, bana kiliseden rastgele genç bir papaz yardımcısı ya da kendi hâlinde İncil okuyan başka yaşlı bir rahibi, oturduğu ateşin karşısından alıp getirseler ve ona şöyle söyleseler:

"Ölmek üzere olan bir adam var ve onu teselli edecek olan sizsiniz. Elleri bağlanırken, saçları kesilirken orada olmanız; cellâdı ondan gizlemek için haçınızla arabasına binmeniz; Greve'e kadar yolda onunla sarsılmanız, onunla korkunç kana susamış kalabalığın arasından geçmeniz; onu sehpanın dibinde kucaklamanız ve başı burada ve vücudu orada olana kadar kalmanız gerekiyor."

Böylece beni, kalbi çarparak, baştan ayağa tir tir titreyerek götürürler; onun elleri arasına, dizlerinin dibine atarlar ve o ağlar, biz ağlarız; o vaaz verir ve ben teselli bulurum; kalbim onunkinde yatışır ve o benim ruhumu alır, ben ise onun Tanrı'sını.

Ama o ihtiyar, benim için nedir? Ben onun için neyim? Talihsiz bir birey, daha önceden gördüğü gibi bir gölge, infaz sayısına eklenecek bir birim.

Bu yüzden ondan bu kadar çok tiksinmekte hatalı olabilirim; iyi olan o ve kötü olan ben. Ne yazık! Bu benim hatam değil. Her şeyi mahveden ve berbat eden benim mahkûm nefesim.

Bana az önce yiyecek getirdiler; sanırım ihtiyacım olduğunu düşündüler. Lezzetli ve özenli bir sofra, bir tavuk, sanırım başka bir şey daha. Pekâlâ! Yemeye çalıştım ama ilk lokmada her şey ağzımdan düştü, tatları o kadar acı ve bozuk geldi ki!

XXXI

Şapkalı bir mösyö az önce içeri girdi, bana pek bakmadı, sonra katlanır şerit bir metre açtı ve aşağıdan yukarı duvarın taşlarını ölçmeye başladı, bu arada çok yüksek sesle kâh "bu tamam" kâh "bu değil" diyordu.

Jandarmaya onun kim olduğunu sordum. Görünüşe göre cezaevinde çalışan bir tür mimar yardımcısıydı.

Öte yandan, benim durumum da onda merak uyandırmıştı. Kendisine eşlik eden gardiyanla alçak sesle sohbet etti; sonra bir an gözlerini bana dikti, başını kaygısızca salladı ve yüksek sesle konuşmaya ve ölçümlerine devam etti.

İşi bitti, bana yaklaşıp canlı sesiyle bana şöyle dedi:

"Dostum, altı ay içinde bu hapishane çok daha iyi olacak."

Ama el hareketleri şunları ekliyor gibiydi:

"Yazık, bundan faydalanamayacaksın."

Neredeyse gülümsüyordu. Düğün gecesinde bir geline şaka yapar gibi, benimle hafifçe alay ediyordu.

Çavuş rütbeli eski asker olan jandarmam cevap vermeyi üstlendi:

"Mösyö" dedi ona "ölü bir adamın odasında bu kadar yüksek sesle konuşulmaz."

Mimar yanımızdan ayrıldı.

Ben ise, ölçtüğü taşlardan biri gibi, orada kalakaldım.

XXXII

Daha sonra, gülünç bir olay başıma geldi.

İyi yaşlı jandarmamın nöbetini devralmaya geldiler, maalesef nankör bir bencil olduğumdan, onun elini sıkmadım. Onun yerine bir başkası geçmişti: alnı çökük, öküz gözlü, budala bir tip.

Bunun dışında, başka hiçbir şeye dikkat etmedim. Kapıya sırtımı döndüm, masaya oturdum; elimle alnımı silmeye çalıştım ve düşüncelerim ruhumu bunaltıyordu.

Omzuma vurulan hafif bir darbeyle, başımı çevirdim. Bu baş başa kaldığım yeni jandarmaydı.

Bana hemen hemen şöyle laflar etti:

"Suçlu, iyi kalpli biri misiniz?"

"Hayır" dedim ona.

Cevabımın ani ve sert olması canını sıkmış gibiydi. Bununla birlikte tereddütle devam etti:

"Zevk için kötü olunmaz."

"Neden olmasın?" diye karşılık verdim "Söyleyecek başka bir şeyiniz yoksa beni rahat bırakın. Bu sözlerle nereye varmak istiyorsunuz?"

"Affedersiniz, suçlu" diye yanıtladı. Sadece iki kelime... İşte. Fakir bir adamı mutlu edebilseydiniz ve sana bir zararı getirecek olmasaydı, bunu yapmaz mıydınız?

Omuz silktim.

"Charenton'dan mı geliyorsunuz? Mutluluğu çekip çıkarmak için alışılmamış bir kuyu seçtiniz. Ben ve birini mutlu etmek ha!"

Sesini alçalttı ve budala tipine uymayan gizemli bir havaya girdi.

"Evet suçlu, evet mutluluk, evet servet. Tüm bunlar bana senden gelecek. İşte. Ben fakir bir polisim. İş ağır, maaş düşük; atım bana ait ve masrafları beni mahvediyor. Üstelik bütçeyi dengelemek için piyango oynuyorum. Ama maharet gerektiriyor. Şimdiye kadar iyi sayıları az farkla kaçırdım. Tam rakam arıyorum; her zaman bir büyüğünü buluyorum. 76 koyuyorum, 77 çıkıyor. Çok özenli oynuyorum ama çıkmıyor. Biraz sabır, lütfen, sadede geliyorum. İşte benim için iyi bir fırsat. Görünüşe göre, affedersiniz, suçlu, bugün aramızdan ayrılıyorsun. Bu şekilde yok edilen ölülerin piyangoyu önceden gördüğü kesin. Yarın gece geleceğinize söz verin, size ne olabilir ki? Bana üç rakam verirsiniz, üç iyi rakam. Ha? Hayaletlerden korkmam, rahat olun. İşte benim adresim: Popincourt Kışlası, Merdiven A, No: 26, Koridor sonu. Beni tanırsınız, değil mi? Sizin için daha uygun olacaksa hatta bu gece gelin."

Çılgınca bir umut aklıma gelmese, bu budalaya cevap vermeye tenezzül etmezdim. İçinde bulunduğum çaresiz durumdaki gibi, insan bir an için bir saç teliyle zincir kıracağına inanabilir.

"Dinle" dedim, ölmek üzere olan birinin becerebileceği kadar rol oynayarak, "Aslında seni kraldan daha zengin yapabilirim, milyonlarca kazanmanı sağlayabilirim. Ama bir şartla."

Budalanın gözleri fal taşı gibi açıldı.

"Ne şartla? Hangi şartla? İstediğin her şey olur, suçlu."

"Size üç rakam yerine dört rakam vermeye söz veriyorum. Giysilerimizi değiş tokuş edersek."

"Eğer bu kadarcıksa!" Üniformasının üst kopçalarını açarken bağırdı.

Sandalyemden kalktım. Tüm hareketlerini izledim, kalbim hızla çarpıyordu. Jandarma üniforması önünde açılan kapıları, meydanı, caddeyi ve arkamdaki Adliye'nin arkamda kalışını şimdiden görebiliyordum!

Ama kararsız bir tavırla geri döndü.

"Ah evet! Buradan çıkmak içindi değil mi?"

O an her şeyin bittiğini anladım. Ancak, çok işe yaramaz ve çok saçma bir biçimde, son bir çabayla, tekrar denedim!

"Yaparsak, dedim ona, ama servetin çoktan hazır..."

Sözümü kesti.

"Ah tabii ki hayır! Buyurun işte! Ve rakamlarım! Rakamların doğru olması için ölmüş olman gerek."

Tekrar oturdum, bütün umutlarım yok olmuştu, daha sessiz ve daha çaresizdim.

XXXIII

Gözlerimi yumdum ve ellerimi üstüne koydum ve şimdiki zamanı geçmişle unutmaya çalıştım. Hayal ederken, çocukluğumun ve gençliğimin hatıraları, beynimde dönen kara ve şaşkın düşünce girdabı üzerinde çiçekli adalar gibi, birer birer tatlı ve sakin bir tebessümle aklıma geldi.

Kendimi, karanlık Val de Grâce kubbesinin kurşuni tepesinin etrafını çevreleyen eski dini meydanlarda, ilk yıllarının geçtiği bu vahşi bahçenin geniş büyük yeşil sokağında kardeşleriyle çığlık atarak oynayan, koşan, güleç ve taze bir okul çocuğu olarak gördüm.

Daha sonraları, dört yıl sonra, yine buradaydım; hâlâ çocuk ama artık hayalperest ve tutkulu. Issız bahçede genç bir kız vardı.

Küçük İspanyol bir kız, iri gözleri ve gür saçları, esmer parlak teni, kırmızı dudakları ve pembe yanaklarıyla, on dört yaşındaki Endülüslü Pepa.

Annelerimiz buralarda koşmamızı söyledi, biz ise yürüyüşe çıktık.

Bize birlikte oynamamızı söylediler ve biz aynı yaşta ama aynı cinsiyetten olmayan çocuklar olarak sohbet ettik.

Henüz bir yıl bile geçmeden birlikte yürüyor, birlikte dövüşüyorduk. Elma ağacındaki en güzel elmayı Pepita'nın elinden aldım; bir kuş yuvasına fırlattım. Ağlamaya başlamıştı, ona dedim ki "Oh, iyi oldu!" ve bunun üzerine ikimiz de birbirimizi annelerimize şikâyet etmeye gittik; onlarsa bir yandan bizi yüksek sesle azarlayıp öte yandan içten içe haklı buluyorlardı.

Artık o koluma yaslanıyorken ben de oldukça gururlu ve heyecanlıydım. Yavaşça yürüyor, alçak sesle konuşuyorduk. Mendilini düşürüyor; ben ise eğilip onu alıyordum. Ellerimiz birbirlerine dokunurken titriyordu. Bana küçük kuşlardan, uzakta görülen yıldızdan, ağaçların ardındaki kızıl rengi gün batımından veya yatılı okuldaki arkadaşlarından, elbisesinden ve kurdelelerinden bahsediyordu. Masum şeyler söylüyor ve ikimiz de kızarıyorduk. O küçük kız, şimdi bir genç kız olmuştu.

O akşam -bir yaz akşamıydı- bahçenin dibinde, kestane ağaçlarının altındaydık. Yürüyüşlerimizi dolduran uzun sessizliklerden sonra aniden kolumu bıraktı ve bana: "Haydi, koşalım!" dedi.

Onu hâlâ görebiliyorum, büyükannesi için yas tutarken tamamen siyahlar içindeydi. Aklına çocuksu bir fikir geldi, Pepa yine Pepita oldu, dedi ki: "Koşalım!"

Bir arı gibi ince beliyle ve elbisesini bacağına kadar kaldıran küçük ayaklarıyla önümde koşmaya başladı. Onu takip ettim, kaçtı; koşuşuyla çıkan rüzgâr bazen siyah pelerinini kaldırıyor, esmer ve taze sırtını görmeme izin veriyordu.

Kendimden geçmiştim. Kalıntılardaki eski kuyunun yanına kadar koştum ve zafer hissiyle onu kemerinden tuttum ve çim bir banka oturttum; direnmedi. Nefes nefese kalmıştı ve gülüyordu. Ben ise ciddiydim ve siyah kirpiklerinin arasından siyah gözbebeklerine baktım.

"Buraya oturun" dedi bana. "Hava hâlâ aydınlık, bir şeyler okuyalım. Kitabınız var mı?"

Yanımda *Spallanzani Seyahatleri*'nin ikinci cildi vardı. Rastgele açtım, ona yaklaştım, omzunu omzuma yasladı ve her birimiz kendi tarafından sessizce aynı sayfayı okumaya koyulduk. Sayfayı çevirmeden önce beni beklemek zorunda kaldı. Zihnim onunkinden daha yavaştı.

"Bitirdiniz mi?" dedi bana, hâlbuki daha yeni başlamıştım.

Bu sırada kafalarımız birbirine değdi, saçlarımız birbirine karıştı, nefeslerimiz yavaş yavaş ve ağızlarımız birdenbire birbirine yaklaştı.

Okumaya devam etmek istediğimizde, gökyüzü yıldızla dolmuştu.

"Ah! Anneciğim, anneciğim, dedi dönerken, nasıl koştuğumuzu bir bilsen!"

Ben ise, sessizliği korudum.

"Hiçbir şey söylemiyorsun" dedi annem bana, "Üzgün görünüyorsun."

Benimse kalbimde cennet vardı.

Bütün hayatım boyunca hatırlayacağım bir akşam.

Tüm hayatım boyunca!

XXXIV

Az önce saat vurdu. Saatin kaçı vurduğunu bilmiyorum: saatin vuruşlarını iyi duyamıyorum. Bana kulaklarımda bir org sesi varmış gibi geliyor; bunlar benim kulağımda çınlayan son düşüncelerim.

Tam hatıralarıma yoğunlaştığım anda, dehşet içinde suçumla karşılaşıyorum; aslında daha fazla pişman olmak isterdim. Mahkûmiyetten önce daha fazla vicdan azabı duyuyordum; tutuklandığımdan beri, zihnimde sadece ölüm düşüncelerine yer varmış gibi görünüyor. Buna rağmen, çok fazla pişman olmayı dilerdim.

Hayatımda olanları bir dakika boyunca hayal ettiğimde ve az sonra onu sona erdirecek olan balta darbesi düşüncesine geri döndüğümde, yeni bir haber almış gibi titriyorum. Ah, benim güzel çocukluğum! Benim güzel gençliğim! Ucu kanlı yaldızlı kumaş... O an ve şu an arasında, onun kanı ve benimkinin arasında kanlı bir nehir var.

Günün birinde biri hikâyemi okursa, yıllarca süren masumiyet ve mutluluğun ardından, suçla başlayan ve idamla sona eren bu berbat yıla inanmak istemeyecek; hayatım tutarsız görünecek.

Buna rağmen, sefil yasalar ve sefil insanlar, ben kötü bir adam değildim!

Of! Birkaç saat içinde ölmek ve bir yıl önce, aynı gün, özgür ve temiz olduğumu, sonbahar yürüyüşü yaptığımı, ağaçların altında başıboş dolaştığımı ve yaprakların arasında yürüdüğümü düşünmek!

XXXV

Şimdi, şu anda, yakınımda her şey var; Saray ve Greve'in etrafını çevreleyen bu evlerde ve Paris'in her yerinde, gelen ve giden, konuşan ve gülen, gazete okuyan, işlerini düşünen insanlar, satış yapan tüccarlar, bu akşamki balo için giysilerini hazırlayan genç kızlar, çocuklarıyla oynayan anneler!

XXXVI

Bir gün, çocukken, Notre Dame'ın Büyük Çanını görmeye gittiğimi hatırlıyorum.

Bin kilo ağırlığındaki çan tokmağıyla birlikte büyük çanın asılı olduğu taş kafes ve çerçeveye girdiğimde, karanlık sarmal merdivene tırmanmış, iki kuleyi birbirine bağlayan dayanıksız geçidi aşmış ve Paris'in ayaklarımın altında olmasından dolayı zaten sersemlemiş durumdaydım.

İyi birleştirilmemiş tahtalar üzerinde titreyerek, Parisli çocukların ve yetişkinler arasında çok meşhur olan bu çana uzaktan bakarak eğik düzlemlerdeki çan kulesini çevreleyen arduvaz kaplı sundurmaların ayak hizamda olduklarına dikkat etmeden korkusuz biçimde ilerledim. Ara sıra, kuş bakışıyla, Paris Notre Dame meydanını ve karınca gibi yoldan geçenleri gördüm.

Aniden dev çan vurdu, derin bir titreşim havayı titretti, ağır kuleyi salladı. Kirişlerin üzerindeki zemin zıplıyordu. Gürültü beni neredeyse deviriyordu; sendeledim, eğik arduvaz sundurmalar üzerinden kaymak üzereydim, neredeyse düşüyordum. Hiçbir kelime etmeden, nefesimi tutarak, kulaklarımda o büyük uğuldama ve gözlerimin altında, o uçurum, yoldan geçen huzurlu ve imrenilecek insanların buluştuğu bu derin meydan olduğu halde dehşetle tahtalara uzandım, onları iki elimle sıkıca tuttum.

Pekâlâ! Bana hâlâ büyük çan kulesinde yaşıyormuşum gibi geliyor. Büyüleniyorum ve gözlerim kamaşıyor. Beynimin içini sarsan bir çan sesi var ve etrafımda, uzaktan ve bir uçurum yamacından bakar gibi olmanın dışında, diğer insanların hâlâ yürüdüğü yerlerde artık geride bıraktığım düzgün ve sakin hayatı hissedemiyorum.

XXXVII

Belediye Binası, uğursuz bir binadır.

Dik ve sarp çatısı, küçük garip çan kulesi, büyük beyaz kadranı, küçük sütunlarla kaplı katları, binlerce penceresi, yürümekten aşınmış merdivenleri, sağda ve solda iki kemeriyle, Greve ile aynı zeminde bulunuyor; karanlık ve iç karartıcı cephesi eski ve çürüktü hatta o kadar siyahtı ki güneş vurduğunda bile siyah görünüyordu.

İnfaz günlerinde, tüm kapılarından jandarma kusuyor ve bütün pencereler idam mahkûmuna bakıyor.

Akşamları, saati bildiren kadranı, karanlık cephesinde aydınlık saçıyor.

XXXVIII

Saat biri çeyrek geçiyor.

İşte, şimdi yaşadıklarım:

Şiddetli bir baş ağrım var. Böbreklerimi üşüttüm, alnım yanıyor. Ayağa her kalktığımda veya eğildiğimde, beynimde bir sıvı yüzüyormuş ve beynim kafatasımın duvarlarına çarpıyormuş gibi geliyor.

Çarpıntı ve titreme hissediyorum ve zaman zaman tüy kalem elektrikli bir sarsıntıya uğramış gibi elimden düşüyor.

Gözlerim duman altında kalmışım gibi yanıyor.

Dirseklerim ağrıyor.

İki saat kırk beş dakika sonra iyileşmiş olacağım.

XXXIX

Hiçbir şey hissedilmediğini, acı çekilmediğini, bunun tatlı bir son olduğunu ve bu şekilde ölümün basitleştirildiğini söylüyorlar.

Hah! Öyleyse, bu son altı haftanın acısı ve bütün bu son günün can çekişmesi nedir? Öyleyse bu çok yavaş ama çok hızlı akan, bu onarılamaz günün kaygısı nedir? İdam sehpasına açılan bu işkence merdiveni nedir?

Görünüşe göre bu, acı çekmek değil.

Bunlar aynı çırpınışlar değil mi, kanın damla damla tükenmesi ya da zekânın düşünceler içinde sönmesi?

Daha sonra acı çekilmediğinden eminler mi? Onlara kim söyledi? Kopmuş bir kellenin sepetin kenarında kanlar içinde dikildiği ve insanlara şöyle bağırdığı anlatılıyor mu: "Hiç acıtmıyor!"

Kendilerine bir şekilde teşekkür etmeye gelen ve şöyle diyen ölüler var mı: "İcadınız başarılı. Böyle devam edin. Mekaniği iyi".

Robespierre mi bir şey söyledi mi? Ya da XVI. Louis?

Hayır, hiçbiri! Bir dakikadan az, bir saniyeden az ve işte, infaz tamam. Kendilerini, sadece fikir olarak bile, hızla inen bıçağın eti sıyırdığı, sinirleri kopardığı, omurları kırdığı o anda, orada bulunanın yerine koydular mı? Hem de ne kadar sürede! Yarım saniye! Acı hemen yok oluyor.

Dehşet!

XL

Durmaksızın kralı düşünmem çok tuhaf. Ne yaparsam yapayım, kafamın içinde her zaman bana şunu söyleyen bir ses var:

"Bu şehirde, aynı anda ve buradan çok uzak olmayan bir yerde, başka bir sarayda, bütün kapılarında gardiyanları olan bir insan var, bir bakıma senin gibi ama halk arasında eşi benzeri yok; sen ne kadar aşağıdaysan kendisi o kadar yükseklerde. Bütün hayatı, her dakikası sadece zafer, ihtişam, zevk ve sarhoşluktan ibaret. Etrafındaki her şey, sevgi, saygı ve iltifat. Çok yüksek çıkan sesler bile onunla konuşurken kısılır ve en gururlular bile onun önünde eğilir. Gözlerinin önünde sadece ipek ve altın var. Şu saatte, herkesin kendisiyle hemfikir olduğu Bakanlar Kurulu düzenliyor ya da ertesi gün avlanacağından, şenliğin zamanında başlayacağından emin, zevklerinin tüm zahmetini başkalarına bırakarak bu akşamki baloyu düşünüyor. Pekâlâ! Bu adam senin gibi etten kemikten! Ve tam şu anda bu korkunç idam sehpasının parçalanması için, her şeyin, hayatın, özgürlüğün, servetin, ailenin iade edilebilmesi için, bu tüy kalemle isminin yedi harfini bir kâğıt parçasının en altına yazması veya hatta arabasının benim arabamla karşılaşması bile yeterli olurdu! Hem de o iyi biri ve belki de karşılığında hiçbir şey istemeyecekti ama elbette bunlardan hiçbiri olmayacak!"

XLI

Peki, öyleyse! Ölüm karşısında cesur olalım, bu korkunç fikre dört elle sarılalım ve onunla yüzleşelim. Ona hesabının ne olduğunu soralım, bizden ne istediğini öğrenelim, onu her yöne evirip çevirelim, gizemi heceleyelim ve önceden mezarımıza bakalım.

Sanırım gözlerim kapanır kapanmaz zihnimin hiç durmadan yuvarlanacağı büyük bir aydınlık ve ışıklı bir çukur göreceğim. Bana öyle geliyor ki gökyüzü kendi özüyle aydınlanacak, yıldızlar orada karanlık noktalar oluşturacak ve hayatta kalanların gözleri, siyah kadife üzerindeki altın pullara benzemek yerine altın bir örtü üzerinde siyah noktalar gibi görünecekler.

Veyahut benim gibi sefil, duvarları karanlıkla örtülü ve bu siyahlarda hareket eden şekilleri görerek durmadan yere düşeceğim çirkin, derin bir uçurum bulunacak.

Veya belki de darbeden sonra uyandığımda, kendimi herhangi bir düz ve rutubetli yüzeyde karanlıkta sürünürken, yuvarlanan bir kafa gibi dönüp dururken bulabilirim. Öyle geliyor ki beni itecek büyük bir rüzgâr olacak ve ben orada burada diğer yuvarlanan kellelere çarpacağım. Yer yer bilinmeyen ve ılık bir sıvının birikintileri ve dereleri olacak; her şey siyah olacak. Gözlerim dönerken yukarı doğru bakacaklar, sadece zift gibi bir gökyüzü görecekler ve uzakta büyük duman kemerlerinin dibinde karanlıktan daha kara olacaklar. Ayrıca geceleri, yaklaşırken ateş kuşları olan küçük kırmızı kıvılcımların uçuştuğunu görecekler. Tüm bunlar sonsuza dek sürecek.

Ayrıca, belli tarihlerde Greve'deki ölülerin, kendilerine ait olan bu meydanda kara kış gecelerinde toplanmaları da mümkün olabilir. Solgun ve kanlı bir kalabalık olacak ve ben de orada olacağım. Ay ışığı olmayacak ve alçak sesle konuşulacak. Belediye binası, kurt kemirmiş ve çürümüş cephesi, pürüzlü çatısı ve herkes için acımasız saat kadranı ile orada olacak. Bir iblisin bir cellâdı infaz edeceği meydanda cehennem giyotini olacak; bu sabah saat dörtte vuku bulacak. Sıra bize gelince etrafında kalabalık oluşturacağız.

Bunun böyle olması muhtemeldir. Fakat bu ölüler geri dönerse, nasıl bir şekle bürünerek gelirler? Eksik ve sakat bedenlerinden geriye ne kalmış olur? Ne seçerler? Hayalet olan kelle mi yoksa gövde midir?

Çok yazık! Ölüm ruhumuza ne yapar? Ona ne tür bir özellik bırakır? Ondan alacak veya ona verecek nesi var? Onu nereye koyar? Bazen yeryüzüne bakmak ve ağlamak için pörtlek gözlerimizi ödünç verir mi?

Ah! Bir rahip! Bunu bilebilecek bir rahip! Bir rahip istiyorum ve öpecek bir haç!

Tanrım, hep aynı şey!

XLII

Uyumama izin vermesi için yalvardım ve kendimi yatağa attım.

Aslında, beynime kan sıçramıştı, bu da beni uyutuyordu. Bu benim son uykum, en azından bu türden.

Bir rüya gördüm.

Rüyamda gece olduğunu gördüm. Galiba iki ya da üç arkadaşımla odamdaydım, hangileri olduğunu hatırlamıyorum.

Eşim yan taraftaki yatak odasında yatıyor ve çocuğuyla uyuyordu.

Arkadaşlarım ve ben alçak sesle konuşuyorduk ve söylediklerimiz bizi ürkütüyordu.

Aniden dairenin diğer odalarında bir yerde bir gürültü duymuşum gibi geldi bana. Zayıf, garip, belirsiz bir gürültü…

Arkadaşlarım da benim gibi bu gürültüyü duymuştu. Dikkatle dinledik: sessizce açılan veya küçük bir gürültüyle kapanan bir kilit gibiydi.

Bizi dehşete düşüren bir şey vardı, korkuyorduk. Gecenin bu geç saatinde evime girenlerin hırsız olabileceğini düşündük.

Gidip bakmaya karar verdik. Ayağa kalktım, mumu aldım. Arkadaşlarım beni birer birer takip etti.

Yan taraftaki yatak odasını geçtik. Karım çocuğuyla uyuyordu.

Sonra salona geldik. Burada da hiçbir şey yoktu. Portreler kırmızı renkli duvar üstünde çerçevelerinde hareketsizdi. Salonun yemek odasına açılan kapısı her zamanki yerinde değil gibi geldi bana.

Yemek odasına girdik, içinde dolaştık. Ben önde yürüyordum. Merdiven kapısı sımsıkı kapalıydı, pencereler de öyle. Sobanın yakınına vardığımda, çamaşır dolabının açık olduğunu ve bu dolabın kapağının duvarın köşesine gizlenecek şekilde çekildiğini gördüm.

Bu beni çok şaşırttı. Kapağın arkasında biri olduğunu düşündük.

Dolabı kapatmak için elimi bu kapağa uzattım ama bir dirençle karşılaştım. Şaşkınlık içinde, daha sert çektim, aniden açıldı ve kısa boylu yaşlı bir kadınla karşılaştık, elleri asılı, gözleri kapalı, hareketsiz, ayakta ve duvarın köşesine yapışmış gibiydi.

İğrenç bir görünümü vardı, öyle ki bunu düşünürken tüylerim ürperiyor.

Yaşlı kadına sordum:

"Ne yapıyorsunuz burada?"

Cevap vermedi.

Ona sordum:

"Siz kimsiniz?"

Cevap vermedi, hareket etmedi ve gözleri kapalı öylece duruyordu.

Arkadaşlarım şöyle dedi:

"Şüphesiz, kötü niyetlerle içeri girenlerin suç ortağı; bizim geldiğimizi duyunca kaçtılar, o kaçamadı ve burada gizlendi."

Ona tekrar sordum, suskun, hareketsiz ve donuk gözlerle öylece kalakaldı.

Birimiz onu itti ve o yere düştü.

Tek bir parça halinde, bir tahta parçası gibi, ölü bir şey gibi yere düştü.

Ayaklarından sarstık, sonra içimizden iki kişi onu ayağa kaldırdık ve tekrar duvara yaslandık. Hiçbir yaşam belirtisi vermedi. Kulağına bağırdık, sanki sağırmış gibi sessiz kaldı.

Bu arada sabrımızı kaybettik ve korku hislerimize öfke karıştı. Arkadaşlardan biri bana dedi ki:

"Mumu çenesinin altına tut."

Alevli fitili çenesinin altına tuttum. Böylece tek gözünü yarı açtı, boş bir göz, donuk, bakışsız ve ürkütücü.

Alevi geri çektim ve dedim ki:

"Ah! Nihayet! Cevap verecek misin yaşlı cadı? Kimsin sen?"

Göz kendiliğinden kapandı.

"Bu sefer fazla oldu." dedi diğerleri. "Yine mum tutalım! Yine! Konuşmak zorunda kalacak."

Işığı yaşlı kadının çenesinin altına tekrar tuttum.

O an, yavaşça gözlerini açtı, tek tek bize baktı, sonra aniden eğilerek buz gibi bir nefesle mumu söndürdü. Aynı anda karanlıkta, üç keskin dişini elime geçirdiğini hissettim.

Titreyerek ve soğuk terler dökerek uyandım.

İyi kalpli rahip yatağımın dibinde oturmuş, dualar okuyordu.

"Çok uyudum mu?" diye sordum ona.

"Oğlum" dedi bana "Bir saat uyudunuz. Size çocuğunuzu getirdiler. Yan odada sizi bekliyor. Sizi uyandırmalarını istemedim."

"Oh!" diye bağırdım "Kızım, bana kızımı getirin!"

XLIII

Tazecik, pembe, kocaman gözleri var ve çok güzel!

Ona yakışan küçük bir elbise giydirmişler.

Onu kucakladım, kollarıma aldım, dizlerime oturttum ve saçlarını öptüm.

Neden annesiyle gelmedi? Annesi hasta, büyükannesi de. Fakat o iyi. Tam da düşündüğüm gibi.

Onu okşarken, öperken, öpücüklere boğarken ve tüm bunları yapmama izin verirken şaşkınlık içinde bana bakıyor ve ara sıra köşede ağlayan dadısına kaygılı bir bakış atıyordu.

Nihayet konuşabildim.

"Marie!" dedim ona, "Benim küçük Marie'm!"

Hıçkırıklara boğulurken onu göğsüme bastırdım. Bir çığlık attı.

"Ah! Canımı acıtıyorsunuz mösyö." dedi bana.

Mösyö! Zavallı çocuk beni görmeyeli neredeyse bir yıl oldu. Beni, yüzümü, sesimi, konuşmamı unutmuştu zaten beni bu sakalla, bu giysilerle ve bu soluk benizle kim tanırdı ki? Ne! Hafızasından zaten silinmiştim, ama o yaşamak istediğim tek kişiydi! Ne var ki! Zaten artık baba değildim. Büyüklerin dilinde kalamayacak kadar güzel ve tatlı bu kelimeyi, çocukların dilindeki bu kelimeyi artık duymamaya mahkûm olmak: "Baba!"

Ve yine de o ağızdan duymak için, bir kez daha, sadece bir kez, benden alınan kırk yıllık hayatım boyunca duymayı isteyeceğim sadece buydu.

"Dinle Marie" dedim, iki küçük elini ellerim üstüne koyarak "Beni tanımıyor musun?"

Bana o güzel gözleriyle baktı ve cevap verdi:

"Ah, tabii ki hayır!"

"İyi bak" diye tekrar ettim. "Benim kim olduğumu nasıl bilmezsin?"

"Bilakis" dedi. "Bir mösyö."

Ne yazık! Dünyadaki sadece bir kişiyi çılgınca sevmek, onu tüm kalbi ile sevmek, onun önünde oturması, seni görmesi, sana bakması, seninle konuşması, sana cevap vermesi ama seni tanımaması ne yazık! Ondan sadece teselli istersiniz ve öleceğinizden dolayı teselliye ihtiyacınız olduğunu bilmeyen tek kişi odur!

"Marie" dedim ve ekledim "baban var mı?"

"Evet, mösyö" dedi çocuk.

"Peki, o nerede?"

Büyük şaşkın gözlerini kaldırdı.

"Ah! Bilmiyor musunuz? O öldü."

Sonra çığlık attı; onu neredeyse düşürüyordum.

"Öldü!" dedim. "Marie, ölmenin ne demek olduğunu biliyor musun?"

"Evet, mösyö." diye cevap verdi. "O, yeryüzünde ve gökyüzündedir."

O ise kendi kendine devam etti:

"Annemin dizlerinde sabah akşam onun için Tanrı'ya dua ediyorum."

Onu alnından öptüm.

"Mary, bana duanı oku."

"Yapamam mösyö. Bir dua, gündüz okunmaz. Bu gece evime gelin; Okuyacağım."

Artık bu kadarı yeterdi. Onun sözünü kestim.

"Marie, senin baban benim."

"Ah!" dedi bana.

Ekledim: "Baban olmamı ister misin?"

Çocuk arkasını döndü.

"Hayır, babam çok daha yakışıklıydı."

Onu öpücük ve gözyaşlarına boğdum. Bağırarak kendini benim kollarımdan kurtarmaya çalıştı:

"Sakalınızla canımı yakıyorsunuz."

Sonra onu tekrar dizlerime oturttum, gözlerini kapayarak ona sordum.

"Marie, okuma yazma biliyor musun?"

"Evet, mösyö" diye cevap verdi. "Okuma yazma biliyorum. Annem bana mektuplarımı okutuyor."

"Hadi, biraz oku." dedim ona, küçük ellerinden birinde tuttuğu bir kâğıdı göstererek.

Güzel kafasını salladı.

"Ah tabii ki hayır! Sadece masal okumayı biliyorum."

"Yine de dene. Haydi oku."

Kâğıdı açtı ve parmağıyla hecelemeye başladı:

"K, A*ka*, R, A, R *RAR*, KARAR..."

Onu ellerinden çekip aldım. Bana okuduğu ölüm cezamdı. Hizmetçisi o kâğıdı bir metelik karşılığında satın almıştı. Ama bana daha pahalıya mal oluyordu.

Hissettiklerimi anlatmaya kelimeler yetmez. Şiddetim onu korkutmuştu; neredeyse ağlıyordu. Aniden bana dedi ki:

"Bana kâğıdı geri ver, haydi! Oyuncağım o benim."

Kâğıdı hizmetçisine verdim.

"Buyurun alın."

Ve sandalyeme tekrar çöktüm, karanlık, tenha ve çaresiz. Şu an gelmek üzereler; artık hiçbir şeye aldırmıyorum, kalbimin son damarı da koptu. Yapacakları şeye hazırım.

XLIV

Papaz da iyi kalpli jandarma da. Çocuğumu götürmelerini söylediğimde, sanırım bir damla gözyaşı döktüler.

Kızımı götürdüler. Şimdi kendi başıma kaldım ve durmadan cellâdı, arabayı, jandarmaları, köprüdeki, iskeledeki ve pencerelerdeki kalabalığı ve üzerinde düşen kellelerle baştan döşenebilecek olan bu dehşet verici Greve meydanında özellikle benim için orada bulunacakları düşünüyorum.

Sanırım tüm bunlara alışmak için hâlâ bir saatim var.

XLV

Tüm bu insanlar gülecek, ellerini çırpacak ve tezahürat edecek. Tüm bu özgür ve zindan görmemiş, bir idama neşe içinde koşan insanlar arasında, bu meydanı dolduracak bu kafa yığınında, er ya da geç kaderinde benden sonra kırmızı sepete gelmek olan birden fazla kelle olacaktır. Benim için oraya gelen ve sonra kendisi için gelecek olan birden fazla insan.

Bu ölümlü varlıklar için, Greve Meydanının belli bir noktasında, ölümcül bir yer, bir çekim merkezi, bir tuzak bulunur. Onlar orada bulunana kadar dolanır dururlar.

XLVI

Benim küçük Marie'm! Oyun oynamaya geri döndü; arabanın kapısından kalabalığa bakıyor ve o "mösyö"yü artık düşünmüyor.

Belki bir gün okuması ve on beş yıl boyunca bugüne ağlaması için ona birkaç sayfa yazmaya vaktim olacak.

Evet, hikâyemi benim açımdan bilmeli ve ona bıraktığım ismin neden kanlı olduğunu öğrenmeli.

XLVII

Benim hikâyem

Editörün notu: Bu bölümle ilgili sayfalar henüz bulunamadı. Belki de ilerideki sayfalarda belirtildiği gibi, mahkûmun bunları yazmaya zamanı olmadı. Bu fikir aklına geldiğinde geç kalmıştı.

XLVIII

Belediye binasının bir odasından

Belediye Sarayından! İşte, buradayım. Lanetli yolculuk sona erdi. Meydan orada ve pencerenin altında aleyhime bağırıp çağıran, beni bekleyen ve gülüşen korkunç insanlar var.

Güçlü duruşum ve irade göstermem nafileydi, kalbim dayanamadı. Bu başların üstünde, uçları siyah üçgenleriyle birlikte, iskelenin iki fenerinin arasında dikili iki kırmızı kolu gördüğümde kalbim dayanamadı. Son bir açıklama yapmayı talep ettim. Beni buraya bıraktılar ve bir kraliyet savcısı bulmaya gittiler. Onu bekliyorum, en azından bunu hak ettim.

İşte:

Saat üçü vurdu, vaktin dolduğu konusunda beni uyarmaya geldiler. Altı saat, altı hafta, altı ay boyunca sanki başka bir şey düşünüyormuşum gibi titredim. Beklenmedik bir durumla karşı karşıya kalmış gibi hissettim.

Koridorları geçirip merdivenlerden indirdiler. Beni zemin kattaki iki küçük kapı arasına ittiler, dar, tonozlu, yağmur ve sisli bir günde zar zor aydınlanan karanlık odaya. Ortada bir sandalye vardı. Oturmamı söylediler; ben de oturdum.

Kapının yanında ve duvarlar boyunca, papaz ve jandarmaların ilerisinde ayakta birkaç kişi ve ayrıca üç adam vardı.

Birincisi, en uzunu ve en yaşlısıydı, şişman bir adamdı ve kıpkırmızı bir suratı vardı. Bir redingot ve üç köşeli biçimsiz bir şapka giymişti. Bu oydu.

Cellât, giyotin uşağı... Diğer ikisi onun uşaklarıydı, onun.

Tam otururken, diğer ikisi bana kedi gibi arkadan yaklaştı; birdenbire saçlarımın arasında çelik soğuğu hissettim, kulaklarımın dibinde makas gıcırdıyordu.

Rastgele kesilen saçlarım omuzlarıma tutam tutam düşüyordu ve üç köşeli şapka takan adam onları kaba elleriyle hafifçe yere doğru sıyırdı.

Etrafımda alçak bir sesle konuşuluyordu.

Dışarıda, havada dalgalanan hışırtı gibi yüksek sesli bir gürültü vardı. İlk başta bunun nehir olduğunu düşündüm ama atılan kahkahaları duyunca, kalabalık olduğunu anladım.

Pencerenin yakınında genç bir adam, bir evrak çantasının üzerine kurşun kalemle yazı yazıyordu, gardiyanlardan birine orada ne yapıldığını sordu.

"Mahkûm bakımı" diye cevap verdi diğeri.

Bu bilginin yarın gazeteye çıkacağını anladım.

Birdenbire uşaklardan biri ceketimi çıkardı ve diğeri aşağı sarkan iki elimi tuttu, sırtımın arkasında birleştirdi ve bir ipin birbirine bitişik bileklerimin etrafında yavaşça düğümlendiğini hissettim. Aynı zamanda, diğeri kravatımı gevşetiyordu. Eskiden kalma bana ait tek paçavra olan patiska gömleğim yüzünden bir an bir şekilde tereddüt etti; sonra yakayı kesmeye başladı.

Bu korkunç hazırlıkta, boynuma dokunan çeliğin verdiği üşüme hissiyle dirseklerim titredi ve boğuk bir çığlık attım. İnfazcının eli titredi.

"Mösyö" dedi bana "Affedersiniz! Sizin canınızı mı acıttım?"

Bu cellâtlar çok nazik insanlar.

Kalabalık dışarıda avazı çıktığı kadar bağırıyordu.

Yüzü sivilce dolu iri yarı adam sirkeye batırılmış bir mendil solumamı teklif etti.

"Teşekkür ederim." dedim, çıkartabildiğim en güçlü sesle "Gerek yok, ben iyiyim."

Sonra içlerinden biri eğildi ve sadece küçük adımlar atmamı sağlayacak ince ve gevşek bir iple ayaklarımı bağladı. Bu ip ellerimdeki iple birleştirildi.

Sonra iri yarı adam ceketi sırtıma attı ve kolları çenemin altında birbirine düğümledi. Orada yapılması gerekenler yapıldı.

Ardından rahip haçıyla birlikte yaklaştı.

"Gidelim, oğlum." dedi bana.

Uşaklar beni koltuk altımdan tuttular. Kalktım, yürüdüm. Adımlarım her bacağımda iki dizim varmış gibi yumuşak ve sarkıktı.

O anda dış kapının kanatları açıldı. Öfkeli bir uğultu, soğuk hava ve beyaz ışık, birdenbire gölgede duran bana kadar ulaştı. Karanlık pencerenin dibinde, aniden, yağmur içinde sarayın merdiven korkuluğu üzerinde toplanmış halktan haykıran bin kelle gördüm; sağda, alçak kapının altından sadece ön ayaklarını ve göğüslerini seçebildiğim, eşikle aynı zeminde bir sıra atlı jandarma; karşıda bir müfreze savaş askeri; solda ise, dik bir merdivene yaslanmış bir arabanın arkası. Bir hapishane kapısına çerçevelenmiş iğrenç bir tablo...

O korkutucu anda cesaretimi korudum. Üç adım attım ve küçük kapının eşiğinde göründüm.

"İşte o! İşte burada!" diye bağırdı kalabalık. "Dışarı çıkıyor! Nihayet!"

Ve bana en yakın duran insanlar ellerini çırpıyorlardı. O çok sevdikleri kralı karşılamaları bile daha az şenlikli olurdu.

Araba, cılız bir atı olan sıradan bir arabaydı, arabacıysa Bicêtre mahallesindeki sebzecilerinki gibi kırmızı desenleri olan mavi bir palto giyiyordu.

Üç köşeli şapkası olan şişman adam ilk binen oldu.

"Merhaba, Mösyö Samson!" diye bağırdı parmaklıklara asılı duran çocuklar.

Bir uşak onu takip etti.

"Bravo, Mardi!" diye bağırdı tekrar çocuklar.

Her ikisi de arabada öndeki sıraya oturdu.

Sıra bendeydi. Oldukça kararlı bir hızla tırmandım.

"Onun durumu iyi!" dedi jandarmaların yanındaki bir kadın.

Bu gaddar övgü bana cesaret verdi. Papaz oturmak için benim yanıma geldi. Beni sırtım ata dönük şekilde arka sıraya oturttular. Gösterilen bu sözde ilgi, ürpermeme neden oldu.

Bu harekette bir parça insanlık vardı.

Etrafıma bakmak istedim. Önde jandarmalar, arkada jandarmalar; sonra kalabalık, kalabalık ve kalabalık; meydandaki kelle deryası.

Sarayın parmaklıklı kapısında, at sırtında bir jandarma kıtası beni bekliyordu.

Memur emri verdi. Araba ve alayı, halkın haykırışları arasından ileri doğru itilmiş gibi hareket ediyordu.

Parmaklıklı kapıyı geçtik. Araba, Pont au Change'e döndüğü anda, meydanda yollardan çatılara gürültü patladı; köprüler ve rıhtımlar bu yer sarsıntısıyla sallandı.

Atlı jandarmalar da burada alaya katıldı.

"Şapkalar aşağı! Şapkalar aşağı!" diye bin bir ağız hep birden haykırdı. Sanki kral karşılanıyordu.

Ben de korkunç bir şekilde güldüm ve papaza dedim ki:

"Onların şapkası, benimse kellem."

Atlar ağır adımlarla ilerliyordu.

Çiçek rıhtımı güzel kokular yayıyordu; bugün pazarın kurulduğu gündü. Tüccarlar benim için buketlerini bırakıp gelmişlerdi.

Tam karşıda, sarayın köşesinde yer alan kuleden biraz önce, asma katlarında güzel yer kapmış mutlu seyircilerle dolu olan kabareler var. Özellikle de kadınlar. Meyhaneciler için iyi bir gün olmalıydı.

İnsanlar masa, sandalye, iskele, araba kiralıyorlardı. Hepsi de izleyicilerle doluydu. İnsan kanı tüccarları avazı çıktığı kadar bağırıyordu:

"Kim yer ister?"

Bu insanlara karşı büyük bir öfkeye kapıldım. Onlara bağırmak istedim:

"Benim yerimi kim ister?"

Ama araba ilerliyordu. Attığı her adımda, kalabalık arabanın arkasına çekiliyordu ve şaşkın gözlerle aynı kalabalığın, geçtiğim yolun diğer noktalarında daha da uzakta toplandıklarını görüyordum.

Pont au Change'e girerken, yanlışlıkla gözlerimi arkaya doğru sağ tarafıma diktim. Diğer iskeleye, evlerin üzerine, siyah, izole, heykellerle dolu bir kuleye baktım, kulenin tepesinde yan taraflarında oturan iki taş canavar gördüm. Papaza bu kulenin ne olduğunu neden sordum bilmiyorum.

"Saint-Jacques-la-Boucherie" diye cevap verdi cellât.

Nasıl olduğunu bilmiyorum; sislerin arasında bir örümcek ağı gibi havayı dolduran ince ve beyaz yağmura rağmen, etrafta olan hiçbir şey gözümden kaçmadı. Bu ayrıntıların her biri bana işkence gibi geldi. Kelimeler hisleri ifade etmekte eksik kalıyordu.

Pont au Change, ortasına doğru o kadar geniş ve o kadar doluydu ki, zorlukla devam edebiliyorduk, içimi yoğun bir dehşet hissi kapladı. Son bir gurur göstererek, bayılmaktan korktum! Sonra o kadar sersemledim ki rahip dışındaki her şeye ve herkese kör ve sağır kaldım; gürültüyle bölünen sözleri zar zor duyuyordum.

Haçı elime aldım ve öptüm.

"Bana merhamet et" dedim "Tanrım!" Ve kendimi bu düşünceye kaptırmaya çalıştım.

Ama arabanın her sarsıntısı beni sallıyordu. Sonra aniden çok üşüdüğümü hissettim. Yağmur giysilerime işledi ve kısa kesilmiş saçlarımın arasına işleyen damlalar kafa derimi ıslattı.

"Soğuktan mı titriyorsun oğlum?" diye sordu bana rahip.

"Evet" diye cevap verdim.

Çok yazık! Sadece soğuktan değildi.

Köprünün köşesinden dönerken, kadınlar benim bu kadar genç olmama acıyorlardı.

Ölümcül rıhtıma doğru yol aldık. Artık duymamaya ve görmemeye başladım. Tüm bu sesler, pencerelerdeki, kapılardaki, dükkân korkuluklarındaki, fener direklerindeki tüm bu kafalar; bu açgözlü ve zalim izleyiciler, herkesin beni tanıdığı ama benim hiçbirini tanımadığım bu kalabalık; insan yüzüyle kaplı ve çevrili bu asfalt yol... Sersem, budala ve hissizdim. Bu kadar çok bakışın ağırlığının üzerinize yüklenmiş olması dayanılmaz bir şey.

Artık papaza ve haça bile dikkat etmeden, arabanın içindeki bankta sağa sola sallanıyordum.

Beni çevreleyen kargaşada, artık merhamet çığlıklarını sevinç çığlıklarından, gülüşmeleri lanetlemelerden, sesleri gürültüden ayırt edemiyordum; tüm bunlar bakır sesinin yankılanması gibi beynimde çınlıyordu.

Gayriihtiyarî dükkân tabelalarını okuyordum.

Bir an garip bir merak hissi beni kafamı çevirip nereye gittiğime bakmaya zorladı. Son bir zihinsel meydan okumaydı. Fakat vücudum bunu istemiyordu; boynum felç olmuş ve sanki önceden ölmüş gibiydi.

Sadece solumda, nehrin ötesinde, buradan bakıldığında kulelerden birini gizleyen Notre Dame'ı gördüm. Bu, bayrağın asılı olduğu kuleydi. Çok insan vardı ve olayı iyi izlemek istiyorlardı.

Ve araba gitti, gitti ve dükkânların önünden geçti; yazılı, boyalı, altın yaldızlı dükkân tabelaları birbirini takip etti, kalabalık gülüşüyor ve çamurda tepiniyordu, ben ise derin uykunun ortasında rüya görür gibi kendimi bırakmış durumdaydım.

Gözlerimi meşgul eden dükkânlar birdenbire bir meydanın köşesinde sona erdi; kalabalığın sesi daha da arttı, artık daha cırlak ve daha neşeliydi; araba aniden durdu, neredeyse yüz üstü bir şekilde tahta plakaların üstüne düşüyordum. Rahip beni tuttu. "Cesaret!" diye mırıldandı. Böylece arabanın arkasına bir merdiven getirdiler; bana kolunu uzattı, indim, sonra bir adım attım, bir adım daha atmak için döndüm ve atamadım. Rıhtımın iki feneri arasında, iğrenç bir şey görmüştüm.

Of! Bu gerçekti!

Aniden sendeledikten sonra durdum.

"Son bir açıklama yapmak istiyorum!" diye kısık sesle bağırdım.

Beni oraya çıkardılar.

Son isteklerimi yazmak için izin istedim. Ellerimi çözdüler ama ip burada, ipin gerisi de aşağıda, ayaklarımda hazır bir şekilde beni bekliyor.

XLIX

Bir yargıç, bir komiser, bir hâkim, ne çeşit bir hâkim olduğunu bilmiyorum, yanıma geldi. Ellerimi birleştirerek ve dizlerimin üstüne çökerek affımı istedim. Neredeyse ölümcül bir gülümsemeyle, ona söyleyeceklerimin hepsinin bu olup olmadığını sordu.

"Affımı istiyorum! Affedilmeyi!" diye tekrarladım "Ya da merhamet edin, beş dakika daha!"

Kim bilir? Belki af gelebilir! Benim yaşımda böyle ölmek ne korkunç! Son anda gelen af kararları, bunlar çok sık görüldü. Ben affedilmeyeceksem mösyö, kim affedilecek?

Bu iğrenç cellât! Hâkime yaklaştı ve kendisine infazın belli bir saatte yapılması gerektiğini, saatin yaklaştığını, kendisinin sorumlu olduğunu, üstelik yağmur yağdığını ve aletin paslanabileceğini söyledi.

"Ah, merhamet lütfen! Affımı beklemek için bir dakika daha! Yoksa kendimi savunurum! Yoksa sizi ısırırım!"

Hâkim ve cellât oradan ayrıldılar. Ben tek başıma kaldım. İki jandarma ile baş başa.

Of! Korkunç kalabalık sırtlan çığlıklarıyla. Onlardan kaçmayacağımı kim bilebilir? Ya kurtarılırsam? Ya affım? Beni affetmemeleri imkânsız!

Ah! Sefiller! Sanırım merdivenleri çıkıyoruz.

SAAT DÖRT